UNA HERIDA EN EL ALMA

Maggie Cox

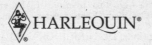

HARLEQUIN®

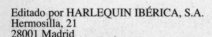

Editado por HARLEQUIN IBÉRICA, S.A.
Hermosilla, 21
28001 Madrid

I.S.B.N.: 84-671-1055-4
Depósito legal: B-42829-2003
Editor responsable: M. T. Villar
Diseño cubierta: María J. Velasco Juez
Composición: M.T., S.L.
Avda. Filipinas, 48. 28003 Madrid
Fotomecánica: PREIMPRESIÓN 2000
c/. Matilde Hernández, 34. 28019 Madrid
Impresión y encuadernación: LITOGRAFÍA ROSÉS, S.A.
c/. Energía, 11. 08850 Gavá (Barcelona)
Fecha impresion para Argentina: 13.9.04
Distribuidor exclusivo para España: LOGISTA
Distribuidor para México: CODIPLYRSA
Distribuidores para Argentina: interior, BERTRAN, S.A.C. Vélez
Sársfield, 1950. Cap. Fed./ Buenos Aires y Gran Buenos Aires,
VACCARO SÁNCHEZ y Cía, S.A.
Distribuidor para Chile: DISTRIBUIDORA ALFA, S.A.

Capítulo 1

CUANDO comenzó a llover, Megan Brand mordisqueaba desganada un sándwich de jamón y queso en un banco de Hyde Park. Al principio le dio pereza moverse. Era casi surrealista no moverse mientras la lluvia arreciaba y le chorreaba por el pelo y el rostro, empapándola. La gente corría como ratoncitos dentro de una jaula, abriendo paraguas, cubriéndose las cabezas con abrigos para no mojarse.

Al ver que se frustraba su plan de pasar el resto de la tarde sentada allí, como si saliese de un trance, Megan se puso de pie temblando de frío y se resignó a marcharse a casa. Rompió en trocitos el sándwich y lo tiró a las ardillas grises que le habían hecho compañía mientras comía. Se enganchó el cabello color ébano tras la oreja y se dirigió a la salida del parque y a su casa tan rápido como se lo permitía la cojera.

Al entrar en Bayswater Rd. miró los cuadros que colgaban de la verja, el ritual de cada domingo desde que ella recordaba. Al detenerse a contemplar una curiosa marina que por algún motivo le llegó al corazón, sintió una fuerte oleada de añoranza.

Diez años antes, Megan había logrado entrar a una de las más importantes facultades de arte de Londres. El futuro se abría ante sus ojos, un campo desconocido y emocionante de ilimitadas posibilidades... Pero eso había sido antes de tropezarse con Nick.

Confiado, guapo y encantador, Nick no había dudado perseguir a la tímida estudiante de Bellas Artes que jamás había recibido tantas atenciones. La había conquistado con su empecinamiento y se la había llevado primero a la cama y luego al matrimonio. Más tarde, logró que ella dejase su preciada plaza en la universidad.

—Ya es hora de que te internes en el mundo real, amor mío —le dijo confiado, seguro de que a su maleable mujercita no se le ocurriría contradecirlo.

No había sido fácil renunciar a su sueño, pero en aquellos días ella actuaba creyendo que amar a alguien significaba hacer sacrificios, renunciar a las necesidades propias para que la pareja estuviese feliz. Lo curioso fue que quien renunciaba había sido siempre ella. Nick no había hecho ningún sacrificio, seguía actuando como si estuviese soltero, incluso después de casados. ¡Qué imbécil había sido!

Su presencia frente a la marina alertó a la joven con la estrella plateada en la nariz que ajustaba una lona para proteger sus pinturas de la lluvia. La artista apoyó la mano, confiada, en el brazo de Megan.

—La hice en Cornualles el invierno pasado —explicó, haciendo un gesto hacia la escena—. Un sitio que se llama Rock. Genial para hacer surf, si te gusta.

Megan sintió que se le ponían las mejillas rojas y se sentía incómoda con la inesperada atención. Se sintió cohibida, horrible, con el pelo todo mojado y la ropa empapada.

—¿Cuánto vale?

Ya había decidido que quería comprar el cuadro. Lo pondría en su habitación en el piso de Penny. Quizá pensase en visitar aquel sitio a finales del verano. Rock... parecía romántico. Megan consideraba que la costa, cualquiera que fuese, siempre estaba mejor fuera de temporada, cuando todos los turistas se habían ido y las playas quedaban más o menos vacías.

La chica mencionó una cifra que era más o menos lo que ella había pensado. Descolgó el bolso de su hombro y buscó el talonario.

–¿Un regalo para alguien, eh? –preguntó la chica, alegre.

–Para mí –sonrió brevemente Megan y se negó a sentirse culpable porque por una vez en la vida se gastaba el dinero en algo para sí misma.

Penny Hallet, que revolvía una cacerola donde cocían espaguetis, señaló con la cuchara de palo la tarjeta que había dejado sobre la encimera.

–Realmente creo que tendrías que llamarlo. Quizá sea lo que necesitas.

Megan agarró la sencilla tarjeta blanca y la examinó. Con cautela le dio la vuelta para leer lo que ponía en la parte de atrás.

–¿De dónde ha salido?

–La tomé prestada del tablón de anuncios del kiosko de periódicos –la miró Penny con cómica rebeldía–. No tenía pluma, así que no podía hacer otra cosa.

–¿Quieres decir que la robaste? –los ojos de Megan reflejaron una ligera desaprobación–. ¿Cómo conseguirá clientes quien puso el anuncio si tu le robas la tarjeta?

–¡Dios Santo, Megan! ¿Nunca te saltas las reglas? –preguntó Penny con un gesto de exasperación. Meneó la cabeza y se encogió de hombros–. Da igual. No respondas esa pregunta, ya sé la respuesta.

–Hmmm, no tiene nombre –dijo Megan, volviendo

a concentrarse en la tarjeta–. Solo las iniciales: KH. Podría ser una mujer.

–Quizá –dijo Penny, dando un resoplido–. Pero apuesto a que es un hombre. De todos modos, hombre o mujer, ¿qué importa si sabe hacer su trabajo?

–Pero... volver a pintar... hace tanto tiempo... Y esto: «Permita que la pintura abra la puerta a la sanación y la paz interior». ¿Qué crees que significa?

–¿Por qué no llamas por teléfono y averiguas? Total, ¿qué puedes perder? Si quieres que las cosas cambien, tendrás que comenzar a actuar. Esto te podría venir bien, Megan. Estoy segura. Necesitas un poco de placer en tu vida otra vez y sé que te gustará volver a pintar. Además... –se apresuró a añadir Penny, detectando la breve expresión de duda que ensombreció el rostro de su amiga un instante–, odias ese tedioso empleo en el banco, trabajando para Cara de Vinagre y lo único que haces después de cenar es irte a la cama con un libro. ¡Conozco jubilados que se divierten más que tú!

–Intento resolver las cosas a mi manera, Pen –dijo Megan y sus labios generosos se pusieron tensos de ansiedad.

–¡Venga! –exclamó Penny, perdiendo la paciencia. Golpeó con la cuchara de palo el borde de la cacerola–. Te conozco. No quiero oír excusas. ¡Llevo seis meses oyendo excusas de por qué no puedes hacer esto o lo otro! ¡Por más que te resulte duro, cariño, tu ex marido está de lo más feliz con la fulana esa, maldita sea su estampa, mientras que tú sigues arrastrando la osamenta como un extra de *El retorno de los muertos vivientes*! Te lo digo con cariño, Meg, tienes que darte cuenta del daño que te estás haciendo. No descartes todo como inútil o sin sentido, tienes que darle una oportunidad a las cosas.

Megan lanzó una mirada a la tarjeta que tenía en la mano, contemplando las grandes letras impresas con ojos inundados en lágrimas. ¿Cómo quería Penny que tomase una decisión tan importante si hasta le costaba decidir qué desayunar cada día? El dolor, con mil distintas formas, la había perseguido durante tanto tiempo que era difícil ver la salida con claridad. Y más difícil todavía reunir suficiente energía como para ponerse en marcha. Se había devanado los sesos para encontrar algo, alguna forma de contribuir a su curación, pero se sentía como si estuviese dando contra muros de tres metros de altura.

Pero... ¿quizá esto fuese diferente? ¿Quizá el misterioso KH y su clase de pintura realmente era la respuesta a todos sus desgracias? Sí, claro. Y la paz del mundo descendería de repente al planeta mañana, a mediodía. Sorbió las lágrimas, secándose los ojos con la manga demasiado larga de su jersey color burdeos. «No te aferres a un clavo ardiendo, Megan... es un despilfarro de energía que no tienes».

Se dirigió al cubo de la basura a tirar la tarjeta. Casi le dio un soponcio cuando Penny se acercó, se la arrebató y la guardó en la seguridad del escote en «V» de su blusa de diseño.

–¡No, la tarjeta es mía! ¡Yo se la birlé a la señora Kureshi y yo decidiré cuándo quiero deshacerme de ella!

–Vale, vale, no te pongas así –dijo Megan. Reprimiendo una sonrisa, contempló a su elegante amiga volver con paso airado al fogón.

Aunque a algunos Penny les pareciese una fría modelo de pasarela con su ropa de marca y sus zapatos italianos hechos a mano, para Megan era la sal de la vida, especialmente cuando estaba en vena.

–¡Y si te niegas a llamar al maldito número, Megan Brand, lo haré yo! –dijo la alta rubia, volviendo a su cacerola de hirviente pasta como una bruja a su caldero.

Al retirar el dedo del botón del timbre, a Megan la asaltó la necesidad de darse la vuelta y salir corriendo. Aunque, después de su accidente no podía correr, el deseo seguía allí. Rezó para que KH, fuera quien fuese, no resultase ser algún bicho raro. Al menos Penny tenía la dirección y el teléfono si algo pasaba.

El corazón se le estremeció en el pecho al oír los pasos que se acercaban tras la puerta negra con su llamador de bronce y supo con temor creciente que era demasiado tarde para huir. En vez de ello, dio un paso atrás, contemplando para tranquilizarse la elegante callejuela en un tranquilo rincón de Notting Hill, con sus cuidadas jardineras en las ventanas. Se dijo que el misterioso KH no podía ser un bicho raro porque solamente gente con dinero se podía permitir vivir en aquella zona de la ciudad. Pero eso no quitaba que pudiese ser un bicho raro con dinero, ¿no?

Tenía el ceño fruncido cuando se abrió la puerta y su mirada desprevenida se topó con los ojos más penetrantes que había visto en su vida. Increíblemente intensos y sensuales, eran de color avellana con manchas doradas, el tipo de ojos que hacían que una mujer fuese inmediatamente consciente de las diferencias esenciales entre un hombre y una mujer.

Como un rayo láser, aquella mirada le tocó directamente su esencia de mujer, conmoviéndola con el poder de su intimidad. Sin saber dónde esconderse, se quedó paralizada, como si sus pies se hubiesen quedado pegados al suelo.

–Hola –dijo, sin aliento, porque el pulso se le había acelerado y se sentía un poco mareada–. Soy Megan Brand, creo que tenemos una cita, si usted es KH, claro. No puso su nombre completo en la tarjeta.

Para consternación suya, él se limitó a sonreír enigmáticamente, apoyar las manos sobre sus delgadas caderas y retroceder un paso hacia las sombras para que ella entrase.

–Adelante. Te estaba esperando.

El inesperado timbre grave de su voz fue como si le diese un masaje con aceite aromático, causándole un cosquilleo de inesperado placer. Pero además de la sensual voz, su apariencia la convulsionó de arriba abajo.

Era delgado, moreno, y de aspecto peligroso, con el cabello castaño revuelto, la recia barbilla sin afeitar y angulosos pómulos. Mirarlo fue como tirar por la borda todas las reglas de conveniencia, porque Megan tuvo una reacción inesperada. Aquel hombre sugería unas dimensiones de posibilidad y emoción con las que una mujer solo se podía atrever a soñar.

–Siento llegar tarde –dijo, la ansiedad constriñéndole la garganta–, pero me costó un poco encontrar la casa. «Mentirosa. Lo que quieres decir es que te costó trabajo reunir el valor para venir».

–No te preocupes. Estás aquí y eso es lo único que importa.

–¿Es usted la persona que da las clases de pintura? –quiso cerciorarse, porque en aquel momento temía constantemente equivocarse.

–Me llamo Kyle, y tutéame, por favor –dijo él, pasándose los dedos por el pelo, que le quedó aún más desordenado. Una expresión levemente divertida se escondía en la hipnótica profundidad de sus ojos–. Ahora que ya nos hemos presentado, ¿quieres pasar?

–De acuerdo –dijo Megan, jugueteó con un botón de su chaqueta, apretó el bolso contra el pecho y esbozó una trémula sonrisa forzada.

–Estaría bien que fuese hoy –bromeó Kyle, abriendo la puerta un poco más.

Megan se ruborizó y tuvo que hacer un esfuerzo para moverse. En cuanto lo hizo, sus sentidos se vieron asaltados por los hipnóticos aromas de sándalo e incienso que le dieron la extraña sensación de penetrar en un mundo diferente y misterioso, un mundo casi tan desconocido e inquietante como el hombre que iba por delante de ella con masculina gracia. Un ligero estremecimiento de exquisita anticipación le recorrió la columna.

Después de la oscuridad del hall de entrada, el salón de Kyle fue una inesperada sorpresa de luz y color con puertas que se abrían a un largo y frondoso jardín. Él no podía ser tan malo si le gustaban los jardines, pensó Megan. Algún día, cuando se recuperase, y si conseguía que Nick le pagase la parte que le correspondía de la casa, tendría un sitio propio con jardín, aunque fuese tan pequeño como un sello de correos.

–¿Por qué no te sientas?

–Oh, sí. Claro.

Desabrochándose la chaqueta de lino color crema con dedos trémulos, se sentó despacio en un sofá cubierto con una llamativa colcha marroquí en tonos terracota y amarillo. El muslo le dolía terriblemente con el esfuerzo de intentar acomodarse y se sintió torpe y desgarbada frente a aquel inquietante adonis. Mientras tanto, Kyle arrastró un enorme sillón pera amarillo y se dejó caer frente a Megan con elegancia. Se ubicó a unos centímetros de sus pies calzados con sandalias, haciendo que el corazón le diese a ella un vuelco cuando se dio cuenta de que él no tenía intención de alejarse de allí.

–Entonces... –la penetrante mirada color avellana le examinó las facciones con detenimiento, posándose durante unos desconcertantes momentos en sus labios antes de volver a los sobresaltados ojos castaños–, ¿qué tal ha sido tu día hasta hoy?

La pregunta, hecha de sopetón, la desconcertó totalmente.

–¿Qué tipo de día he tenido? –repitió.

–No era mi intención hacerte una pregunta difícil –le dijo él en broma, y el humor hizo que sus ojos brillasen más dorados que nunca.

Deseando que alguien la rescatase, Megan paseó su mirada por el frondoso jardín que la llamaba desde las puertas abiertas.

–Pues... he ido a trabajar, vuelto a casa, preparado un poco de té y me he arreglado para venir. No sé qué más decirte.

–¿Cómo fue tu día en el trabajo? ¿Te lo pasaste bien? ¿Te sentiste satisfecha?

–Es un trabajo, nada más –nerviosa, Megan intentó concentrarse–. No sé qué quieres, qué pretendes que yo...

–Da igual lo que yo pretenda –dijo Kyle, aumentando su incomodidad con la precisión infatigable de un tirador apuntando a la diana–. Lo que necesito que hagas es que seas honesta contigo misma. No pretendo que me des las respuestas que crees que quizá esté buscando. Así que te volveré a preguntar, Megan: ¿Qué tal ha sido tu día?

Megan se removió, inquieta. Estaba claro que no le

resultaría fácil escaparse de la pequeña entrevista con Kyle. La tenía atrapada como a una mariposa bajo una red. Quería que ella fuese sincera. De acuerdo, lo haría lo mejor posible. El trabajo no había sido nada interesante, se había pasado el día mirando una pantalla de ordenador, como si estuviese en automático todo el tiempo. Pero no pudo expresarlo.

–Nada especial –declaró finalmente, porque no logró decir otra cosa.

–¿De veras? –le preguntó él entrecerrando los ojos. Una arruga se le marcó entre las cejas–. Goethe dijo: «Nada vale más que el día de hoy». ¿De veras crees que no hubo nada especial?

Megan deseó que la tierra la tragase.

–No lo dije de esa forma, de la forma en que parece. Mira, no sé por qué estoy aquí, no sabía qué esperar.

–Primero, necesitas tranquilizarte. Esto no es un examen que tengas que aprobar. Has venido por tu propia voluntad y puedes marcharte por tu propia voluntad. Después de que hablemos un momento, puedes decidir si crees que es lo que quieres o no –y ante su sorpresa, alargó las manos, le quitó delicadamente las sandalias y le apoyó los pies juntos en el suelo de roble.

Megan tragó, cohibida ante su contacto inesperado.

–¿Es obligatorio quitarse los zapatos, o es voluntario también?

Kyle lanzó una carcajada sensual y los sentidos de Megan respondieron a ella explotando igual que palomitas de maíz. Un calor le subió por la columna y se extendió por sus brazos y sus piernas como densa melaza.

–Estar descalza te hace más vulnerable, más abierta a hablar sobre lo que es real.

–¿Qué es real? –dijo ella en un ronco susurro. ¿Qué

le sucedía? Solo unos minutos en compañía de aquel hombre y se le habían removido emociones dentro que no sabía que tenía.

—El motivo por el que estás aquí. ¿Por qué llamaste a mi número y concertaste una cita, Megan?

—Yo no... —se ruborizó, culpable, pensando en cómo Penny había tenido que coaccionarla para que lo hiciese—. Me refiero a que mi amiga lo vio y pensó que era algo que podría interesarme. Me persuadió de que hiciese la llamada.

—Entonces, ¿fue idea de tu amiga? ¿No querías venir? —sus labios se curvaron en una sonrisita burlona y a Megan se le hizo un nudo en el estómago.

—Yo no he dicho eso.

—De acuerdo. Dejemos de lado el hecho de que no estás segura de si quieres estar aquí o no y veamos si podemos tocar algún tema real y sincero. ¿Quieres hablarme un poco sobre tu interés por el arte?

Le formuló la pregunta como si tuviese sus dudas, lo cual la hizo ponerse más a la defensiva todavía. No intentaba engañarlo en absoluto, su interés era genuino.

—Es mi pasión —dijo, y la espalda se le enderezó automáticamente—. Hace diez años conseguí que me admitieran en el Slade College of Art. Mi intención era que mi futuro fuera el arte. Desgraciadamente... las cosas no salieron como yo imaginaba que lo harían.

—¿Quieres decirme lo que pasó? —le preguntó Kyle en un tono ronco e hipnótico que le adormeció los sentidos como si fuese un vino embriagador.

—¿Qué pasó? —repitió, humedeciéndose los labios. Consciente de los dorados ojos clavados en los suyos, todo el cuerpo se le puso tenso en su esfuerzo por concentrarse—. Llevaba en la facultad seis meses cuando...

cuando conocí a alguien. No era un estudiante, Nick trabajaba en un banco americano. Era diez años mayor que yo, confiado... muy seguro de sí mismo. En fin... –se encogió de hombros como si fuese un viejo disco que no valía la pena repetir–. Nos casamos. Él pensó que era una total pérdida de tiempo que yo siguiese estudiando. «¿Qué vas a hacer con una diplomatura en Bellas Artes?», me dijo. «No sirve de nada» –los oscuros ojos de Megan reflejaron un instante de dolor, pero luego, levantando la barbilla, dijo claramente–: Total, que dejé la facultad y encontré trabajo en un banco... igual que Nick. Fue como encerrarme en un ataúd. No tenía ni deseo ni ambición de hacer una carrera profesional. Y allí he estado clavada desde entonces.

–Qué desperdicio –dijo Kyle, rodeándose las rodillas con los brazos–. ¿Qué es lo que te mantiene atascada, Megan?

Durante el largo silencio que siguió, Megan fue el centro de atención de los inquietantes ojos dorados. «No me mires así», quiso decirle, «no me merezco que me mires así». Le dio la extraña sensación de que aquel hombre tenía el poder de penetrar en los secretos de su alma, y los sentimientos que la asaltaron hicieron que tuviese que tragarse las emociones para controlarse. Cohibida, se pasó los dedos por el suave cabello color ébano, el rostro ruborizado bajo la mirada masculina.

–Yo, supongo. Mis miedos.

–¿A qué?

–A no servir para nada más.

–¿Sabes que el miedo son solo falsas evidencias que parecen reales? No es que no valgas para nada más, sino que solamente imaginas que no vales. Es una ilusión, no un hecho. ¿Qué otras vías has explorado que apoyen tu creencia de que no podrías valer para nada más? Dices que amas el arte. ¿Eres buena? ¿Qué sabes hacer? ¿Pintar? ¿Dibujar? ¿Diseñar?

La cabeza le dio vueltas a ella con el bombardeo de preguntas, pero aunque se sintió como una lombriz retorciéndose en el extremo de un anzuelo, le dio la sensación de que él quería llegar a la raíz de algo.

–Sé dibujar... y pintar... un poco.

–¿Un poco? –su sonrisa fue amable–. Ya veo que te cuesta mucho hacerte publicidad, ¿no?

Megan no dijo nada.

–Tiene que haberte dolido una barbaridad abandonar tu plaza en la universidad, tirar por la borda tu sueño –prosiguió Kyle midiendo sus palabras, como si esperase que ella completase lo que faltaba.

Megan inspiró y luego soltó el aire lentamente.

–Sí –reconoció, con los ojos redondos y oscuros–. Nick pensaba que ser un estudiante no era algo serio, sino una excusa para no trabajar. Dijo que yo necesitaba «ir al mundo real».

–¿Y ahora?

–¿Ahora?

–¿Cuál es su elevada opinión ahora? –estaba claro que Kyle no se mordía la lengua.

–Supongo que será igual. Es bastante rígido en su forma de pensar. Da igual, porque ya no estamos casados. Me dejó por una de mis mejores amigas, lo que demuestra lo buena que soy juzgando el carácter de la gente –acabó, con tono despectivo.

Cuando Claire la traicionó con Nick, había pensado que el dolor la mataría. ¿Cómo iba a saber entonces que después de aquel llegaría un dolor aún peor?

Movió los dedos de los pies contra el suelo de madera y lo miró, incómoda, esperando alguna señal que le indicase lo que sucedería ahora.

—¿Pintas? —preguntó, incapaz de soportar el silencio y luego pensó que era estúpido preguntárselo a alguien que ofrecía sus servicios como profesor de pintura.

—Sí —dijo él, estirando las largas piernas. Los pantalones crujieron un poco con el súbito movimiento. Se lo veía relajado consigo mismo y con ella—. Al igual que tú, es mi pasión.

—¿Eres bueno? —se ruborizó ella al hacerle la pregunta, pero se tranquilizó cuando él esbozó una amplia sonrisa que le iluminó el rostro entero.

Aquel hombre vital, absolutamente vibrante.

—Me las apaño. Es decir, puedo vivir de ello.

Kyle eludió el tema con su habitual destreza. No ayudaría en nada a la preciosidad que se sentaba frente a él enterarse de que él había logrado cierto nivel de fama en el mundo del arte, y desde luego que no sería él quien se lo diría. Podría resultar intimidante para alguien con tan baja autoestima, hasta podía quitarle las ganas de volver. No quería que aquello sucediese, porque sabía que podría ayudarla. Aquella actividad que iniciaba le había hecho tomar una senda totalmente distinta de la vida loca y sibarita que llevaba hasta hacía poco tiempo. Con ella estaba seguro de lograr un nivel de satisfacción que hasta aquel momento no había conseguido.

—Soy muy afortunado al respecto. Pero no estás aquí para hablar de mí.

Dio un salto con la agilidad de una pantera y por primera vez Megan se dio cuenta de que él también estaba descalzo. Largos, delgados y bronceados como sus manos, sus pies tenían los dedos perfectamente rectos y eran increíblemente sexy. Había algo definitivamente excitante en el contraste entre el cuero del pantalón y la morena piel desnuda.

–¿Qué te parece si busco algo para beber? ¿Qué quieres? Creo que tengo casi de todo.

–Un café estaría bien –respondió ella–. Con leche y sin azúcar.

Al verse librada inesperadamente de la tela de araña, Megan lanzó un trémulo suspiro. Su mirada se posó en un llamativo retrato de un guapísimo indio americano con su tocado de plumas y los ojos casi del mismo color avellana de los del hombre que había ido a ver. Un cosquilleo de placer le subió a Megan por la columna al ver las reproducciones en la pared.

Degas y Matisse, Da Vinci y Millais, algunos de sus artistas favoritos también. Estaba claro que Kyle era muy ecléctico en sus gustos pero prefería la sencillez. El hermoso suelo de madera de roble estaba desnudo, exceptuando un kilim en los mismos tonos terracota, marrón y amarillo del sofá donde se hallaba sentada. El efecto era seductoramente acogedor y la había llevado a revelar secretos difíciles de contar.

Oyó que Kyle hacía ruido en lo que supuso sería la cocina y aspiró profundamente, cerrando los ojos.

Un profundo cansancio la invadió y quizá se quedó traspuesta durante un segundo o dos, porque, de repente, sintió un toque en la rodilla y abrió los ojos para encontrarse en un mar de oro. El excitante aroma de una colonia masculina le llegó a la nariz y un súbito y furioso anhelo la recorrió en una oleada, dejándola casi temblando.

–Tu café –le dio una taza amarilla con una mirada mesurada, casi distante y luego se volvió a sentar en el sillón pera con elegancia.

–Gracias –dijo ella y bebió el humeante brebaje agradecida, lanzándole miradas furtivas de vez en cuando.

–¿Qué te ha causado la cojera?

A Megan casi se le volcó el contenido de la taza en el regazo. Nunca nadie le preguntaba directamente sobre su cojera y no estaba acostumbrada a semejante franqueza.

Analizando sus reacciones, el juego de sobresaltadas emociones que cruzaron por el hermoso rostro femenino de delicados huesos, Kyle tomó aire suavemente y esperó con paciencia su respuesta.

–Tu– tuve un accidente.

–¿Hace poco?

–Hace... hace unos dieciocho meses.

–¿Qué pasó? –se inclinó adelante, distrayéndola un instante con la sensual fuerza de su mandíbula y el músculo que se movía un poco en su mejilla lisa y morena.

–Me caí.

–¿Cómo?

–Me parece que haces demasiadas preguntas.

–Lo que buscamos es la sinceridad aquí, Megan, ¿recuerdas? –le dijo suavemente–. Sé que puede ser doloroso, pero a veces es más doloroso todavía guardarse los secretos que compartirlos con alguien que podría ayudar.

–Serías un buen interrogador, ¿sabes? –la necesidad de retribuirlo con un poco de su medicina la tomó por sorpresa, pero la verdad era que estaba defendiendo su vida allí, aunque él no lo supiese. Le dio la extraña sensación de que él lo sabía.

–Sí, ya lo sé. Como un perro con un hueso. No es una de mis cualidades más entrañables, pero dándose por vencido no se llega a ningún sitio en la vida. Venga, Megan, me da igual lo que tengamos que esperar –miró el reloj para enfatizar sus palabras–. No tengo otros planes para esta noche y preferiría quedarme aquí charlando contigo, no se me ocurre nada que me interese más en este momento.

Fue una confesión tremenda para Megan: significaba que no iba a sacarle el anzuelo todavía.

—No vas a soltar el hueso, ¿verdad? —le dijo con voz ronca y ahogada, mirándolo a los ojos por fin. Algo similar a la ternura en los ojos masculinos la sobresaltó. No era algo que viese demasiado seguido, bien sabía Dios, pero era capaz de reconocerla.

—No tienes por qué hablar de nada que no quieras, Megan. Lo que me digas es puramente voluntario y, que quede constancia que no saldrá de entre estas cuatro paredes. Te doy mi palabra.

Estaba claro que le decía la verdad. Transpiraba integridad por cada poro de su cuerpo. Irradiaba una profunda sinceridad y callada fuerza, haciendo que ella se entregase. Su secreto estaría a salvo con él.

—Nick y yo tuvimos una pelea un día —dijo Megan, sin mencionar que había sido poco tiempo después de que lo encontrase en cama con Claire porque aquella era una herida demasiado dolorosa todavía—. Había estado bebiendo. Gritaba y yo estaba tan disgustada que no le pude responder. Cometí el error de dejarlo con la palabra en la boca, lo cual lo enfadó más todavía. Odiaba que no se le hiciese caso. Desgraciadamente, estábamos en las escaleras y cuando me empujó, caí de cabeza hasta el piso de abajo. Me rompí una pierna de mala manera. No— no fue un accidente, me empujó a propósito.

Con la garganta agarrotada de dolor, Megan recordó la furia y el odio reflejados en los ojos de Nick cuando la empujó, furioso porque ella lo había encontrado con Claire, gritándole que no tenía derecho a estar disgustada cuando era culpa suya. Culpa suya.

Inspirando trémulamente al revivir el terrible recuerdo, Megan le dirigió una mirada a Kyle y logró esbozar una sonrisa temblorosa.

—En fin –prosiguió–, me han hecho dos operaciones hasta ahora. Desgraciadamente, los huesos no soldaron bien. Quizá tengan que hacerme más en el futuro, y eso me ha causado una cojera. Sé que no es el fin del mundo, que la gente se recupera de cosas mucho peores, pero la verdad es que preferiría no tenerla. La mayoría de la gente es demasiado cortés para preguntarme directamente cómo me lo hice.

—Ese es el problema conmigo, ¿sabes? –dijo Kyle con la boca seca. El aire tenso entre los dos por la excitación que los dominaba a los dos se aclaró súbitamente ante la traumática revelación de Megan. Dejó la taza en el suelo–. No soy ni cortés ni tengo miedo. Más de una vez eso me ha causado problemas, es verdad, pero, en general, prefiero enfrentarme a mis miedos y elaborarlos. En cuanto a la cortesía... agradar a los demás es una trampa, así que más allá de las convenciones normales, no tiene sentido. Pero, yo soy así. Lamento oír lo que te sucedió, Megan. Mucho más de lo que pueda expresarte con palabras. Es una cosa horrorosa que un hombre haga algo así a una mujer, un ultraje. ¿Cómo lo llevas? ¿Has hablado con alguien después de lo que sucedió?

—¿Terapia, te refieres? No –dijo Megan, negando lentamente con la cabeza, el corazón oprimido por la pena–. No quise hablar con nadie . Me sentía ... demasiado avergonzada.

—¿Avergonzada? –con los ojos alerta, Kyle no apartó su mirada de la de ella ni un segundo.

—Sentí que era culpa mía.

Incluso ahora, podía oír en su mente a Nick lanzándole todos aquellos insultos que siempre culminaban con que ella era una frígida que lo inducía a tener aventuras porque era una inútil en la cama y no quería «experimentar». No quiso confesarle aquello también a Kyle, ya sentía que le había dicho demasiado.

–Cariño, permíteme que te diga algo: nadie se merece que lo empujen por las escaleras y le causen una lesión. Por más que te lo repitas, no fue tu culpa. Me da la impresión de que era tu marido el que tenía el problema, no tú.

–Ex marido, gracias a Dios.

–Tienes razón –dijo Kyle, sonriendo

Su sonrisa era como miel y chocolate, como un arco iris después de la tormenta, caminar por la playa fuera de temporada o escuchar música clásica a todo volumen... todas las cosas favoritas de Megan juntas.

–¿Y? ¿No tendríamos que estar hablando de arte, o algo por el estilo? –preguntó, moviéndose incómoda en el asiento porque solo mirar a aquel hombre hacía que le hablase de cosas demasiado íntimas.

–No hay reglas que cumplir con respecto a nada, Megan –dijo él, encogiéndose de hombros, inexplicablemente divertido por su sugerencia–. Podemos hablar de lo que quieras.

–Yo– yo quiero pintar de veras –tragó, intentando calmar el súbito ardor de su garganta–, quiero pintar. ¿Me puedes ayudar? –le pidió, esperanzada.

Kyle contempló a la preciosa morena, a sus ojos llenos de esperanza y pensó: «Ya mismo, ángel. Te lo prometo».

Capítulo 2

UNA EXPOSICIÓN más. ¿Es mucho pedir?

—Llevo cinco años haciendo exposiciones, Demi. ¿Cómo tengo que hacer para convencerte de que no estoy interesado? –dijo Kyle agarrando un puñado de cacahuetes del pequeño cuenco de la mesa.

Se dijo una y mil veces que había sido un idiota al acceder a la reunión cuando preferiría estar en casa pintando o estudiando algo interesante, pero los poderes de persuasión de Demitri Papandreou eran legendarios y el griego lo había pillado de buen humor, incapaz de negarse. Se había preguntado cuánto tardaría el millonario en aparecer en el Reino Unido pidiéndole una cita y, para ser sincero, lo sorprendió que Demi hubiese esperado tanto como dos meses... bueno, ocho semanas y un día, para ser exactos.

Ahora, sentado frente a él en el elegante vestíbulo del Hotel Intercontinental en Park Lane, Kyle se dijo que su compañero debía de ser uno de los personajes más refinados y cultos que uno podía encontrarse languideciendo en un hotel de cinco estrellas. Con sus trajes de Armani, disfrutando de sus conexiones con celebridades por todo el mundo, venderle petróleo a los árabes era un juego de niños para un hombre como él. Vendedor por naturaleza, por no hablar de su habilidad para promocionarse a sí mismo, había hecho un trabajo fantástico promocionando la carrera de Kyle.

Pero esta vez, Kyle estaba seguro de no querer comprar lo que el griego le ofrecía.

–Podríamos haber vendido esos cuadros diez veces... ¡diez veces! ¡Y estoy seguro de que tendrás más en tu estudio, al que ni siquiera me has invitado!

–Me da igual. No estoy interesado en el dinero.

–¿Estás loco? –exclamó Demi, al borde de la apoplejía–. ¿A quién no le interesa el dinero en este mundo? Te he convertido en un hombre rico, ¿no? ¿No podrás hacerme este pequeño favor? Hay muchísimas personas interesadas en tu trabajo, Kyle. Pintar es tu vida. ¿Cómo puedes decir que no volverás a pintar?

–No he dicho que no volveré a pintar –repitió Kyle con paciencia, frotándose la barba que le sombreaba las mejillas a esa hora de la tarde–. Lo que he dicho es que no quiero hacer más exposiciones. Estoy cansado de hacer el circuito. Quiero volver a las pequeñas cosas de la vida. La fiesta de aquella última noche en Skiathos fue demasiado, amigo.

–Pero estuvo bien, ¿no? –los ojos negros de Demi brillaron divertidos.

Una camarera vestida con una ajustada falta negra y camisa blanca pasó a su lado llevando una bandeja con bebidas, los tacones de aguja silenciosos en la alfombra azul. El griego la siguió instantáneamente con la vista.

Kyle tomó un sorbo de su cerveza fría y la dejó sobre la mesa. No. No había estado bien en absoluto. Estaba harto de que gente que no conocía quisiera ser amiga suya, y desde luego que no quería pasarse la vida hablando de tonterías con unos y con otros para hacerse conocer.

Se sentía mucho más feliz desde su vuelta al Reino Unido. Ni siquiera la lluvia había logrado quitarle la ilusión, al menos todavía no. Su decisión de volver a casa había tenido un efecto espectacular en su trabajo. De repente, su pintura era más libre, más expresiva, mejor de lo que lo había sido en años... y, además, estaba la actividad nueva que comenzaba a desarrollar...

Aquella última noche, durante una insulsa conversación con una rubia incapaz de distinguir un Degas de un Da Vinci, Kyle se había dado cuenta de repente de la terrible superficialidad de la vida que llevaba. Demasiado tiempo relacionándose con gente que no le importaba, gente que pagaba ridículas sumas de dinero por el arte y que, sin embargo, apreciaba poco la verdadera belleza.

Un sentimiento de incomodidad y remordimientos lo había asaltado, envolviéndolo como en una negra nube y recordándole que todavía no había cumplido su promesa a su hermana Yvette.

—No desperdicies tu talento, Kyle, haz algo maravilloso con él. Eres un hombre bueno, sabes conectar con la gente. Tiene que haber una forma en que puedas hacer eso en tu trabajo. Prométeme que lo intentarás —le había rogado ella muchas veces antes del accidente de coche que le había arrancado la vida.

Él había pensado que enseñar era esa forma. Había descubierto que el arte podía ofrecer una forma de expresar dolor y emociones profundamente arraigadas. Imágenes con las que el artista podía reflexionar y analizar, utilizándolas como medio de curar hasta las heridas más profundas.

Enseñar en la facultad de Bellas Artes le había confirmado que había encontrado finalmente lo que buscaba. Algo de lo que Yvette se habría sentido orgullosa, que lo ayudaría a mitigar la terrible pena de haberla perdido. Pero tan seguro no habría estado como creía, porque cuando Demi Papandreou llegó a la facultad buscando un talento nuevo, Kyle había dejado que los efusivos halagos del griego lo convenciesen.

El ilusorio atractivo de la fama y la fortuna lo arrastró a un camino totalmente distinto del que se había imaginado que seguiría. Cierto era que ello había sido la excusa perfecta para escabullirse de una promesa que se había sentido tristemente incapaz de cumplir. ¿Quizá Yvette tenía un concepto demasiado alto de él, después de todo? El hecho de que ella había adoptado como misión personal allanarle el camino a todas las almas dolientes con las que se había cruzado en la vida no quería decir que Kyle pudiese decir lo mismo.

Bien sabía Dios que ella no estaría demasiado orgullosa de él, había pensado. Por más que crease arte que se vendía por sumas ridículamente astronómicas, casi había perdido su alma en el proceso. Lo asaltó una oleada de vergüenza. No creía que su hermana hubiese pasado un día trivial en toda su vida. Se había enfrentado a cada momento de su existencia como el milagro que era. ¿Y Kyle? Kyle se había comportado como si fuese a vivir eternamente. Mas aún, como si no le importase un bledo nadie más que él. Lo cual no era verdad. Bajo su aspecto indiferente, latía un corazón compasivo que le rogaba que se pusiese manos a la obra. Aquella fiesta había sido una llamada de alerta y estaba dispuesto a seguirla.

—¡Tiene que haber habido alguna otra razón para que, de repente, hicieses las maletas y te volvieses a este país frío y lluvioso! Intentabas distraerme diciéndome que querías darle otro rumbo a tu carrera. Si no es otra oportunidad de hacer más dinero, entonces, obviamente, será una mujer —dijo Demi, sacudiendo un dedo acusadoramente ante Kyle.

–Perdona que te desilusione, amigo –dijo este, meneando la cabeza y esbozando una sonrisa. Instantáneamente, la imagen de una preciosidad morena con aterciopelados ojos marrones y un cuerpo que alimentaría las fantasías de todos los escolares de Inglaterra se le coló en la mente y se plantó en ella con decisión. Recordó lo que ella le había contado sobre el canalla de su marido y lo que él le había hecho y todos los cuidados músculos de su cuerpo se tensaron cuando una rabia profunda el quemó en el interior.

–No me puedes engañar, Kyle. Te conozco tanto, que sé que mientes. ¿Quién es? ¿La conozco?

Los ojos de Demi brillaban como los de un sabueso. No podía aceptar que una conocida de los dos hubiese escapado a su red.

Por un motivo inexplicable, de repente, Kyle sintió un intenso deseo de proteger a Megan Brand, quien, bien lo sabía Dios, no tenía ningún motivo para confiar en los hombres, y menos aún en él, un perfecto desconocido que había logrado sin darse cuenta que le dijese cosas que seguramente revelaba a muy poca gente. Probablemente no se lo había revelado a nadie más.

–Permíteme que te invite a otra copa –dijo, llamando a una de las camareras.

Una pelirroja se acercó, encantada de servir a los hombres más guapos de toda la sala, especialmente el más joven. Sacó su libreta del bolsillo y se agachó, envuelta en una fragante nube de perfume, sus ojos dirigiéndose con coquetería a Kyle, y una sonrisa casi íntima dibujada en sus brillantes labios de albaricoque.

No le llevó demasiado tiempo a Demitri tomar las riendas de la situación.

–Quiero una botella de vuestro mejor champán –hizo un gesto en dirección a Kyle–. No le haga caso a mi amigo –le dijo–. Ha hecho un voto de abstinencia o algo por el estilo. Se ha olvidado de cómo pasárselo bien. Ahora tú, preciosa –dirigió a la joven la fuerza de su profunda mirada oscura–, me da la sensación de que tú que sí sabes pasártelo bien; dime si me equivoco, ¿mmm?

Megan se quitó la moderna camiseta rosa y malva que llevaba al llegar a casa y la tiró en la cesta de la ropa sucia. Estaba furiosa por haber accedido a hacer horas extra cuando la pierna le dolía tanto. Tendría que haber sido más firme y haber dicho que no.

Eran las ocho y cuarto y ya llegaba quince minutos tarde a su segunda cita con Kyle. No llegaría nunca a Notting Hill antes de las ocho y media, y solo sin conseguía un taxi enseguida.

Se dio la vuelta y se miró al espejo. Con las manos en las caderas, no encontró ningún placer en la imagen que vio, con su ropa interior negra de grandes almacenes, bonita, pero poco sexy.

–¡Maldita sea! –exclamó, impotente. Su falta de firmeza había empeorado desde su divorcio.

Aquella mohína mujer pálida de apagados ojos castaños era el triste reflejo de la apasionada joven con ansias de vivir que había sido una vez. Se llevó las manos al rostro. Nick le había robado su autoestima y eso estaba a punto de romperle el corazón además del espíritu.

–¿No tenías una cita con el tipo ese esta noche? –preguntó Peggy, asomando su cabeza rubia por la puerta y dando un sonoro bocado al tallo de apio que tenía en la mano.

—No iré.

—¿Qué quieres decir con que no irás? —preguntó con el ceño fruncido.

Al verla ponerse una sencilla camiseta negra, Peggy pensó que a pesar del mohín de enfado y el cabello cayéndole como una desordenada masa por la espalda, su amiga tenía una belleza imponente. Megan Brand no necesitaba ningún adorno. Sus facciones eran tan fuertes y llamativas que no necesitaban maquillaje, además de aquel maravilloso cabello y una figura que dejaba a los hombres boquiabiertos.

Y eso que la pobre Megan no hacía nada por parecer más atractiva, pero no se la podía culpar después de que el imbécil de Nick casi la lisiase para toda la vida. Penny no podía entender por qué él había mirado a otra mujer cuando estaba casado con la chica más adorable y guapa que podía encontrar.

—Se me ha hecho tarde. No encontraré un taxi ahora. Tendré que llamarlo y decírselo. Probablemente me dirá que no me moleste en ir la próxima vez —dijo Megan, agarrando el cepillo del pelo. Pasó junto a su sorprendida amiga y se dirigió al salón.

—¡Puedo llevarte yo en el coche, boba! —dijo Penny y descolgó el bolso de piel italiana que había dejado tras la puerta al entrar para revolverlo y buscar las llaves del coche en él.

—Pero si acabas de entrar. Ya sabes que no me gusta aprovecharme de ti —dijo Megan, el rostro ruborizado de frustración y remordimiento al verla tomar las riendas del asunto. ¿Qué habría hecho para merecer una amiga tan maravillosa como Penny Hallet? Siempre había estado allí, en las buenas y en las malas. Había sido Penny quien la había ido a buscar y llevado al hospital la horrible noche en que Nick la había tirado por las escaleras. Penny casi le había rogado a Megan más de una vez que abandonase a su voluble y guapo esposo antes de que las cosas se fuesen de madre.

Ojalá la hubiese escuchado. Si lo hubiese hecho, no tendría cicatrices en la pierna de dos operaciones ni cojearía. Quizá para el resto de su vida... En cuanto a lo otro, quizá lo más horrible... No. No quería ni siquiera pensar en ello.

—¡Odias depender de nadie y punto! —reconvino Penny—. Pero, en serio, te llevaría hasta Australia y te traería de vuelta si creyese que con ello te ayudaría a quitarte esa melancolía que te persigue. Y ver a ese KH te estará haciendo bien. ¿Cómo has dicho que se llamaba? Kyle, ¿no? Cuando vuelvas esta noche quiero que me cuentes lo que ha pasado.

Megan se puso tensa. No estaba segura de querer repetir lo que había hablado con Kyle la primera sesión. Se había pasado la semana angustiada preguntándose lo que él pensaría de ella después de las revelaciones que le había hecho sobre su vida privada. ¿Estaba loca al pensar en volver a verlo? Podría aquel hombre sereno, relajado y directo realmente ayudarla a recuperar el norte? ¿Y cuándo iba a comenzar a pintar?

Qué más daba. Tendría que enfrentarse al toro y arriesgarse, porque no tenía mucho más que la ayudase a salir para delante en aquel momento. No quería ni pensar en el día siguiente, en el que tenía una cita con su fisioterapeuta: la pierna siempre le dolía el doble cuando acababa la sesión, aunque la fisioterapeuta le asegurase que le estaba haciendo bien.

—¿Lista? —preguntó Penny, haciendo sonar las llaves del coche y abriendo la puerta.

Recuperándose rápidamente de su ensueño, Megan agarró su chaqueta de ante y la siguió.

–¿Una copa de vino?
–No, gracias –dijo Megan.

Miró con recelo la moderna y amplia cocina con su elegante suelo de piedra y las cacerolas de cobre ordenadas en una pila de mayor a menor junto al horno de acero inoxidable. Parecía de revista, no iba en absoluto con el estilo más bohemio y relajado del salón. No había señal de que se cocinase demasiado en ella, ni olor a comida ni manchas en el fogón. Todas las superficies brillaban, igual que en la publicidad de mágicos productos desengrasantes. ¿Sería demasiado atrevida al pensar que el talento artístico de Kyle no se extendía a lo culinario? En fin, quizá no era un dios después de todo... solo un hombre, un mero mortal con sus fallos, peculiaridades y vicios, como todo el mundo.

Había dos botellas de Chardonnay de buena calidad sobre la encimera de mármol, junto con dos copas de largo pie y una atractiva caja de madera pálida de capricho de reina. Megan se preguntó si se lo habría regalado algún admirador. ¿Una amiga de toda la vida o una amante, quizá? El estómago el dio un pequeño vuelco al pensarlo. ¿Tendría aquel hombre sorprendente e impredecible una predilección por los dulces, entonces? La idea le produjo un calorcillo, como si lo hiciese parecer más humano, menos difícil de alcanzar.

Lo observó darse la vuelta y apoyarse contra el fregadero. Los ojos color miel la miraron con una expresión reflexiva pero inescrutable, casi sombría. ¿En qué pensaría? Esperaba que él no estaba arrepentido de acceder a volver a verla. Se dio cuenta de que quería estar allí, deseaba estar allí desde la sorpresa de la primera cita, quería saber adónde los llevaría su relación y si le gustaría el resultado. Su masculina belleza, combinada con la inteligencia que se reflejaba en sus astutos y sensuales ojos era como un faro llamándola a casa.

–Siento haber llegado tarde, tuve que quedarme trabajando –en cuanto acabó de decirlo, la asaltó una ridícula sensación de culpabilidad. En realidad, no había tenido que hacerlo, podría haberse negado a hacerlo. Lindsay, su jefa, se habría enfurruñado, como siempre, pero habría tenido que aguantarse si Megan se hubiese puesto firme. El problema era que Megan se ponía firme muy pocas veces.

–Has venido, eso es lo que importa –dio Kyle, pasándose los dedos por el pelo y esbozando una lenta sonrisa.

–¿Vamos a pintar algo esta noche? –le preguntó Megan tragando nerviosa.

–¿Te gustaría?

–Pues... si eso es lo que habías planeado. Me refiero a que yo...

–No hay nada planeado –dijo Kyle, enderezándose y enganchando los pulgares en las trabillas del cinturón de sus ajustados vaqueros negros. Ello atrajo la mirada de Megan–. Me temo que pocas veces planeo las cosas.

¿Qué se suponía que quería decir con eso? Todo era muy extraño. Kyle todavía no le había dicho cuánto supondría las lecciones y cuando ella había intentado pagarle al acabar su primera clase, él le había dicho que guardase el dinero porque ya llegarían a una arreglo en las siguientes semanas, cuando viese cómo iba todo. Era obvio que él tenía otra fuente de ingresos, ya que no necesitaba cobrarles a sus clientes enseguida.

–Oh.

–¿Te molesta? –le preguntó él despreocupadamente.

La verdad era que sí, que la molestaba, pero solo porque su vida antes de su divorcio había estado tan rígidamente organizada por su esposo, que de una forma perversa ella se había acostumbrado a ella, como un prisionero que se acostumbra a las cuatro paredes que lo mantienen encerrado.

–No importa –se encogió de hombros, porque no quería mostrarle que la turbaba el que él no tuviese una estructura en sus sesiones. Le seguiría la corriente durante un tiempo, se dijo, pero si le resultaba demasiado impredecible, le diría que las cosas no habían resultado como ella se lo había imaginado y seguiría su camino.

–Sí que te importa, ¿verdad?

–¿Qué?

–No soy un catedrático ni un maestro de escuela, Megan. No tengo que cumplir un programa. Estas sesiones son para que explores exactamente lo que crees que necesitas de apoyo y guía, para ayudarte. ¿Está más claro ahora?

Cuando Kyle se acercó a ella y su erótico aroma masculino invadió el aire entre los dos, Megan hizo un esfuerzo para que su tonto corazón dejase de latir tan descontroladamente. No podía ni articular palabra.

–Dame el bolso –le dijo él con una voz tan suave como la miel.

Megan se estremeció y sintió un hormigueo cuando sus pezones se endurecieron, tensos y dolorosos bajo la camisa.

–¿Por qué? –le preguntó automáticamente, dándoselo.

Él lo dejó a un lado y luego se puso directamente frente a ella.

Megan le llegaba al mentón y se lo quedó mirando fijamente, como hipnotizada, incapaz de moverse...

—Dame la mano.

Tomándosela firmemente, Kyle la apoyó contra el firme y cálido pecho.

Bajo la camiseta blanca lisa que llevaba, que resaltaba el exótico bronceado y le marcaba los bíceps duros como el acero, ella sintió el profundo y rítmico latir del corazón masculino y se quedó paralizada, sin poder reaccionar. Sus sentidos se encontraban atascados, suspendidos, raptados...

—La pintura involucra no solo los cinco sentidos, sino también el espíritu y el alma. Puede resultar mágica. Cada pincelada pude ser una revelación, según me han dicho —dijo él y preguntó con voz ronca—: ¿qué sientes?

Megan se sintió desfallecer de pánico. «Oh, Dios, dime que esto no está sucediendo», pensó. El miedo y la excitación la invadían en proporciones iguales. Todas las células de su cuerpo vibraban, excitadas por aquel hombre fuerte y vital que tenía su mano cautiva contra su cuerpo como si fuese a quedársela allí para siempre. Una serie de estremecimientos irrefrenables la invadieron, impidiéndole articular palabra.

—¿Megan?

—Tu corazón —dijo, con voz estrangulada y se ruborizó violentamente—. Oigo tu corazón latir.

—Bien. Me puedo quedar tranquilo, entonces, sigo vivo —dijo.

«Y no me he muerto y estoy en el Cielo». Nunca había visto unos ojos tan deliciosos como aquellos ni labios más seductores, labios que, quizá sin saberlo, pedían que se los besase.

Los sensuales aromas del cuerpo de ella, su champú, su perfume, la dulzura de la vainilla y el erotismo del almizcle, le invadieron los sentidos como el delicado roce del terciopelo y el encaje, el satén y la seda, y le produjeron una inmediata erección. Hizo un esfuerzo por mantener controlado su deseo, pero, Santo Dios, no recordaba cuándo su libido había recibido tanta presión. Megan elevaba los ojos hacia él, confiada como una niña, su expresión una mezcla cautivadora de inocencia y fuego, asombro y miedo...

Haciendo un supremo esfuerzo, ella liberó su mano de un tirón y retrocedió un paso. Se enganchó el pelo tras la oreja, dándole a entender: «Por favor, no me hagas esto porque no sé si puedo con ello en este momento».

Kyle asintió con la cabeza lentamente, como respondiéndole, pero pasaron varios minutos hasta que pudiese dar voz a sus pensamientos.

—¿De qué color pintarías los latidos de mi corazón, Megan? Piénsalo. ¿Qué has sentido al poner tu mano sobre mi corazón?

—Pasión, fuerza —apartó la vista, cohibida.

¿Por qué habría dicho «pasión»? De todas las cosas que podría haberle dicho, aquella era la menos segura. Pero Kyle no buscaba respuestas seguras, ¿no? Quería descubrir a la verdadera Megan Brand. Sí, había sentido pasión y fuerza al apoyarle la mano en el pecho. Hacer el amor con aquel hombre sería como intentar subirse al viento o detener la marea... Fue un pensamiento embriagador que la dejó trémula de anhelo.

—¿De qué color pintarías la pasión y la fuerza? ¿Cómo los pintarías? ¿Quieres intentarlo?

Kyle observó la respuesta de ella con profundo interés. Se la veía incómoda y en aquellos adorables ojos castaños se libraba una batalla que él deseó concluir. Un ligero rubor teñía las mejillas de porcelana y ella parecía a punto de llorar. Más allá de su belleza incandescente, Kyle vio a una mujer tan absorta en su propio desaliento que le dieron deseos de levantarla en sus brazos, llevarla hasta la cama y consolarla de la misma forma en que los hombres y las mujeres habían utilizado a través de los siglos para olvidarse por un rato de los problemas o el dolor que los aquejaban. Deseó mostrarle de aquel modo que ella era una mujer hermosa y deseable, el tipo de mujer que cualquier hombre desearía proteger y mimar como un tesoro...

Ella luchaba contra sus lágrimas y asentía a la vez con la cabeza. Kyle pasó a su lado, la tomó de la mano y la llevó con dulzura al fondo del jardín, hasta lo que él consideraba su templo privado: su estudio. Este se encontraba en un cenador con aspecto de pagoda con elaboradas celosías en las cornisas y vidriera de colores, que a la luz del crepúsculo parecía salido de un cuento de hadas.

El desaliento de Megan desapareció como por encanto y lo reemplazó la sorpresa y la fascinación. Kyle encendió la luz al entrar y Megan sintió que entraba a la cueva de Aladino. No pudo reprimir un profundo suspiro de placer. Dentro, había de todo lo que un artista pudiese desear: caballetes, lienzos, cajas de pinturas... En el aire se entrelazaban los olores de la trementina y la tinta, la carbonilla y la madera.

En el suelo, amontonados contra una pared, había varios lienzos acabados, grandes y pequeños y Megan alargó el cuello para mirar. Se moría por ver el trabajo de Kyle. ¿No le daría ello más pistas de cómo era él? Mientras él intentaba comprenderla a ella, ella intentaba averiguar qué era lo que movía a aquel hombre, cuáles eran sus motivaciones. ¿Quizá más tarde, cuando él la conociera un poco más, le dejaría ver algunos de los frutos de su propia creatividad?

Pero estaba claro que en aquel momento a Kyle le interesaba más la creatividad de Megan. Casi sin aliento por los nervios, ella lo vio poner un caballete y un lienzo ya listo para ser utilizado junto a una ventana abierta y se tomaba unos minutos en montarlos. Luego, la miró y sonrió.

–No sé tú –comentó con naturalidad–, pero yo trabajo mejor cuando circula un poco el aire.

Megan sintió en el pecho una opresión de emoción e inquietud. Oh, Dios, hacía tanto que pintaba, que no sabía si sería capaz de ello. Ojalá no estuviese tan nerviosa. Ojalá tuviese la seguridad de que Kyle no la juzgaría por lo que hiciese. En el pasado, mientras estaba casada con Nick, todo lo que hacía lo había hecho pensando en la aprobación de él. Se había jurado que nunca más se sometería a semejante tiranía

–¿Sabes lo que hay en una caja de pinturas, o quieres que lo repase contigo? –preguntó Kyle, que había acercado una mesa con ruedas y una caja de pinturas abierta encima. Junto a las pinturas había varios pinceles de marta de excelente calidad de diferentes grosores.

Aunque Megan en realidad no pintaba, sabía utilizar una caja de pinturas. Tenía tres manuales de arte en casa, su lectura favorita antes de dormirse y, además, había cursado seis meses de la facultad.

–Creo que me las puedo arreglar –dijo ella con una sonrisa nerviosa y casi se desmayó con la deslumbrante mirada que él le dirigió.

–Entonces, es toda tuya, cariño. Pinta la pasión de la que estábamos hablando antes. No la reprimas.

Quiero saber lo que esa emoción significa para ti. Tómate el tiempo que necesites. Y me da igual cómo lo hagas, no es un examen y no estoy juzgando nada. Siéntete libre de expresarte en la forma que te resulte mejor. Mientras tanto, iré a hacer café.

–¿Kyle? –la trémula voz de ella lo detuvo cuando llegaba a la puerta.

–¿Sí?

–Gracias.

–El placer es mío... de veras –dijo y, dándose la vuelta, bajó las escalinatas ágilmente.

Capítulo 3

TRÁEME un café, Megan.

Ni «por favor», ni «¿te importaría?». Solo: «Tráeme».

Megan apartó la mirada de la pantalla del ordenador para dirigirla a la rubia de aspecto severo con su traje azul marino y su incongruente carmín rojo cereza y apretó los labios intentando mantener la calma.

Lindsay Harris era una ejecutiva de banca de treinta y pico de años, fría y calculadora. Cubierta por una armadura indestructible, su ambición y su carrera lo eran todo para ella. Apenas sonreía, a menos que estuviese con algún ejecutivo de mayor rango que ella, y en el departamento todos la llamaban Cara de Vinagre tras sus espaldas.

Megan había tenido mala suerte cuando se jubiló el encantador Melvin Harding y la ascendiesen a ayudante de Lindsay. Con su anterior jefe, el trabajo de Megan había sido coser y cantar, ya que por más que sus tareas no fuesen demasiado estimulantes, al menos él había sido amable y justo. Ello la había ayudado a soportar los altibajos emocionales asociados a su relación con Nick. Y si alguna vez la había pillado llorando o triste, Mervin siempre había sido la consideración y la discreción personificadas. Trabajar para Lindsay le había complicado muchísimo la vida a Megan.

Durante su internación por la rotura de su pierna, casi todos los compañeros de trabajo habían ido a visitarla, menos ella. En realidad, eso no molestó a Megan. Mal como se sentía, prefirió no tener que verle la expresión de disgusto de su jefa. No se necesitaba ser un genio para darse cuenta de que Lindsay estaba de morros porque el «accidente» de su ayudante le causaba una molestia enorme, cosa que se ocupó de decirle a Megan en cuanto esta se reincorporó al trabajo.

Megan levantó ahora la mirada hacia Lindsay, haciendo un gran esfuerzo por controlar la voz.

–Dame uno o dos minutos para acabar con este informe y enseguida te lo traigo.

–¡Cuando te dijo que me traigas un café, quiero que lo hagas inmediatamente! Ni dentro de uno o dos minutos, ni más tarde, ni mañana. ¡Ahora!

Lindsay apretaba los puños y Megan la miró, debatiéndose consigo misma mientras pensaba en la mejor forma de responder a aquel berrinche totalmente innecesario. De algo estaba segura: ¡no estaba dispuesta a consentirlo ni loca!

–Lo siento, Lindsay, pero hay que mandar este informe por fax a la oficina de Nueva York con urgencia. Tu café tendrá que esperar.

Cuando las palabras le salieron de la boca, que tenía seca como el desierto del Sahara, Megan no podía creer que las había dicho. Por la expresión de sus pálidos ojos, Lindsay tampoco. Probablemente aquella fuese la primera vez que su sumisa y trabajadora ayudante disentía de ella.

Sin hacer caso a la tensión que sentía en el estómago, Megan ordenó unos papeles en su mesa y deliberadamente se volvió a concentrar en la pantalla del ordenador.

Bárbara, una compañera de un despacho cercano, pasó y la saludó alegremente.

–¡Hola, Meg! ¿Vienes a tomar una copa a la salida? No te olvides de que es el cumpleaños de Sue. Hasta luego.

Lindsay se dio la vuelta y la taladró con la mirada.

–¡No me extraña que se haga tan poco trabajo por aquí, si estáis todas tan ocupadas organizando vuestra vida social!

–Perdón por respirar –bromeó Bárbara con descaro y siguió su camino impertérrita.

Megan se mordió los labios para no llorar y reír a la vez, porque el comportamiento de Lindsay era totalmente inverosímil. En vez de ello, comenzó a mecanografiar a toda velocidad, decidida a no permitir que su jefe se diese cuenta de que se encontraba nerviosa.

–Bien, Megan. ¡En cuanto hayas mandado el fax ese, quiero que vengas a mi despacho! No sé qué es lo que te pasa últimamente, pero tu actitud profesional deja mucho que desear! –despotricó Lindsay, se metió en su despacho y cerró de un tremendo portazo.

Megan dejó de escribir y lanzó un lento suspiro. Algo había alterado a su fría jefa, y estaba claro que, como su ayudante, ella pagaba el pato. Pero hoy, justamente, ella no estaba dispuesta a soportar nada que no tuviese que soportar. Por algún extraño motivo, se sentía rebelde como una niña.

No sabía si se debía a la embriagadora experiencia de estar con Kyle y permitir que sus sentimientos sobre la pasión estallaran en el lienzo la noche anterior, pero de algo estaba segura: de forma lenta pero segura comenzaba a despertar dentro de ella una especie de tigre dormido. Algo que no permitiría que siguiese siendo la misma Megan Brand asustada, que le hacía desear defenderse por fin.

Kyle se secaba el pelo con una toalla y, por enésima vez desde la marcha de Megan la noche anterior, contempló la pintura del lienzo. De repente, deseó no haber dejado de fumar. Hacía cinco años que no sentía aquella necesidad, pero en aquel momento necesitaba algo, lo que fuese, para contener la adrenalina que se le disparaba cada vez que miraba la pintura de Megan.

Le había dicho que pintase la pasión, y desde luego que ella lo había hecho. La había dejado sola durante dos horas, tras llevarle una taza de café. Cuando volvió al cenador más tarde aquella noche, la taza de café seguía intacta sobre la mesita cerca de la puerta. Durante dos horas Megan había pintado la pena y la rabia contenida que tenía dentro, y el resultado era una cegadora revelación de ardiente color y fuego que le llegó a Kyle al alma y le hizo preguntarse si él sería capaz alguna vez de crear algo tan poderoso. Hasta alguien sin formación artística podía ver que aquella pintura tenía algo mágico, algo difícil de imitar que la hacía especial. Todas las ardientes sensaciones y emociones estaban contenidas en aquel cuadro: el sexo, el amor, la violencia y el dolor.

Había pintado una mujer con un brillante vestido rojo que se sujetaba la cabeza con las manos, el largo cabello negro cubriéndole el rostro. Alrededor de sus pies había rosas blancas manchadas de sangre, arrancadas violentamente de sus ramas. El cielo azul pálido estaba rasgado por nubes negras y grises. Los pies de la mujer se hallaban desnudos y en uno de ellos se clavaba una espina. Al examinar la pintura con mayor detenimiento, Kyle había notado que algo dorado brillaba en el suelo, casi escondido entre las flores. Si no estaba equivocado, era una alianza de matrimonio.

–Virgen Santísima.

Su comentario fue una mezcla salvaje de rabia, admiración y respeto. No era un hombre religioso, pero la pintura de Megan le había llegado al alma. El esposo de Megan, quienquiera que fuese, merecía que se lo linchase. Si alguna vez lograba ponerle las manos encima, lo... Mejor que pensase en otra cosa. Bastante ya lo carcomía la furia cuando pensaba en él poniéndole las manos encima a Megan de aquella forma tan violenta. En realidad, de cualquier forma. La idea de que ella durmiese con semejante hombre lo sacaba de quicio.

La pintura de ella le había hablado de lo mucho que sufría, se lo había indicado de una forma en que las palabras no podían hacerlo. Conteniendo un trémulo suspiro, Kyle se puso de pie. Megan le había dicho que hacía años que no pintaba y no tenía por qué no creerla, pero estaba clarísimo que allí había un talento esperando ser descubierto. Sobrecogía el pensar en los niveles a los que ella podría llegar. Si podía demostrar una habilidad indiscutible tan rápidamente, con apenas siquiera tiempo para preparar o meditar sobre el tema, ¿qué lograría en circunstancias más adecuadas?

Bajo su tutela, o la de cualquier buen artista, ella podría llegar lejos. Afortunadamente, Kyle tenía las relaciones adecuadas para hacer que el futuro de ella fuese más que solo una posibilidad y lo haría, si ella lo dejaba.

Lo acometió una necesidad tan acuciante de volverla a ver que se le aceleró el corazón. Lanzó una impaciente mirada a su reloj subacuático de platino y vio que eran apenas las doce del mediodía. Se preguntó a qué hora saldría ella a comer. Sabía dónde trabajaba porque se lo había preguntado. Lo único que tenía que hacer era subirse a un taxi y presentarse allí. Había muchos restaurantes y bares por la zona, así que la llevaría a comer y...

¿Y qué?

–Megan Brand, qué escondido te lo tenías, ¿eh? –dijo Bárbara, apoyando su vasito de café sobre el borde de la mesa de su amiga, a rebosar de papeles.

–¿Qué pasa? –preguntó esta, levantando la vista de la pantalla y sonriendo, segura de que su amiga le tomaría el pelo sobre su enfrentamiento con Lindsay. Pero no le importaba en absoluto; se sentía tan bien que podía soportarlo.

Lindsay ni siquiera había logrado intimidarla durante su pequeña «charla» en su despacho. Sus acusaciones habían sido totalmente ridículas, infundadas y sin sentido. Y, haciendo de tripas corazón, así se lo había hecho saber Megan. La reunión había acabado con Lindsay suspirando como la mujer más incomprendida del mundo.

–Anda, vete a trabajar un poco, por favor –le había ordenado.

Una pequeña victoria, pero victoria al fin.

–Te busca un hombre que está para comérselo –dijo Bárbara, con una expresión de maliciosa admiración que hizo que Megan se ruborizase.

¿Sería Nick? Sintió náuseas al pensarlo. Pero Bárbara conocía a su ex marido, así que era imposible que fuese él. Un poco trémula mientras se recuperaba del susto, Megan se quedó mirando a Bárbara sin saber si esta bromeaba o lo decía en serio.

–¿A mí?

–A ti, sí señora –bromeó Bárbara–. Él esperaba en la recepción hablando con Lucy Draper y, naturalmente, me acerqué y le pregunté si lo podía ayudar. ¡Imagínate mi sorpresa cuando me preguntó por ti! ¡Con razón te lo quedaste calladito!

–¿Dijo– dijo quién era?

Megan se puso de pie. Solo había otro hombre al que ella «se comería», pero no podía ser él, ¿no? Se puso de pie y se alisó la falda negra, luego se pasó los dedos por el pelo, intentando componerse el cabello, que, para mediodía, se le había soltado del moño en que lo llevaba recogido en el trabajo.

–Kyle, solamente. ¿Es el nombre o el apellido? –preguntó Bárbara.

Megan casi no oyó su pregunta. Cada una de las células de su cuerpo se llenó de adrenalina al pensar en que su guapo profesor la esperaba abajo. ¿Por qué se habría presentado allí? Él no había mirado la pintura antes de que ella se marchase porque, al acabar, ella se había dado cuenta de lo tarde que era y se había marchado precipitadamente, pero seguro que ya la habría visto. Lanzó un trémulo suspiro. ¿Y si le había parecido excesiva para lo que él le había pedido? ¿Y si estaba allí para decirle que no se molestase en volver?

«¡Cálmate, Megan!», se dijo, cojeando hasta el perchero a buscar la chaqueta de su traje. La pierna le daba punzadas, como si alguien le estuviese aplicando un hierro de marcar, lo cual acentuó su renquera. Había tenido una sesión de fisioterapia a primera hora de la mañana y la idea de tener que enfrentarse a Kyle sintiéndose tan mal era una prueba de fuego. Se puso la chaqueta y luego se dio la vuelta hacia su amiga.

–¿Qué tal estoy? –le preguntó, insegura.

–Como para romperle el corazón a un hombre. Pero claro, con esa cara y es figura, no me extraña.

–Eres buena para mi ego, ¿sabes? Pero no te creo ni una palabra.

–Digo lo que veo –dijo Bárbara–. Venga, vete. No hagas esperar a tu novio.

–No es mi... –dijo Megan, incómoda. Gracias a Dios que Bárbara Palmer era un encanto, no iría por allí cotilleando. Por eso eran amigas además de compañeras– en fin, si Lindsay pregunta por mí, ¿le dices que me he ido a comer?

–De acuerdo. Hasta soy capaz de decirle que tardarás un rato.

Kyle se sorprendió al ver salir a Megan del ascensor. Con el discreto traje negro de lino, la camisola blanca por debajo y el maravilloso cabello negro recogido en una elegante coleta, tenía un aspecto elegante, moderno y sorprendentemente profesional. Cuando lo vio a él, se sonrojó, sonrió seductora y luego cojeó con lentitud hacia él. Cada esforzado paso que ella daba le recordó a él por qué se encontraba herida y volvió a sentir una rabia tremenda. Cuando ella llegó a su lado bajó la mirada hasta fijarla en los tímidos ojos castaños e instintivamente le rozó la mejilla con la punta de los dedos.

–Quería verte.

–¿De veras? Me siento como una alumna a la que el director le va a echar la bronca –dijo Megan ruborizándose.

Esperaba que no se le notase lo cohibida e insegura que se sentía, pero lo cierto era que la cabeza comenzó a darle vueltas en cuanto lo vio.

Kyle rió roncamente, un sonido cálido y dulce que la hizo pensar en un dormitorio iluminado por la luna. Se le secó la boca instantáneamente.

–¿Puedes salir a comer? –le preguntó él, tomándola de la mano–. Necesitamos hablar.

Al sentir su contacto y su perfume, Megan solo pudo pensar en su fuerte y vital presencia y el dorado brillo de aquellos maravillosos ojos color miel.

Estaba guapísimo, con sus pantalones de cuero negro, del mismo color que el jersey de cachemira. Por encima, llevaba una cazadora color canela. El conjunto transmitía misterio y viril excitación, atrayendo las miradas de todas las mujeres del recinto.

Megan soltó su mano. Apartó la mirada y la dirigió a cualquier lado con tal de no enfrentarse a sus ojos.

–¿De qué me quieres hablar? –le dijo finalmente, mirándolo con ansiedad–. Será importante si te has molestado en venir hasta aquí. No es… no es nada malo, ¿no?

–No, Megan. No pienses siempre en lo peor, puede convertirse en un hábito.

–Ya te has puesto en plan terapeuta –sonrió ella, porque el solo hecho de verlo la hacía sentirse bien. Como si él se interesase por ella.

–Quería hablarte de tu pintura. La que hiciste anoche.

La forma en que lo dijo dejó bien claro que no era nada personal. Una profunda desilusión reemplazó el anterior entusiasmo de Megan, pero hizo lo posible por esconderla.

–¿No te gustó? –casi automáticamente, cayó en la trampa de buscar su reconocimiento. Le dio rabia repetir lo que hacía durante toda su relación con Nick Brand.

–Vuelves a hacer lo mismo –la reprendió Kyle con expresión seria–. Da igual que me guste o no. Te dije que pintases lo que sentías sobre la pasión. Lo hiciste. Fue una revelación, y lo digo muy en serio. Busquemos un sitio donde comer, ¿de acuerdo? Así podremos hablar.

La tomó del codo y la guió fuera de la anodina torre de cristal que albergaba las oficinas del banco, completamente seguro de que, al igual que él, la apasionada joven que lo acompañaba no pertenecía a aquel monótono ambiente.

–Tienes nata en el mentón –dijo Kyle, pero antes de que ella pudiese reaccionar, alargó la mano por encima de la íntima mesita iluminada con una vela y le limpió cuidadosamente la mancha con la punta de la servilleta.

–Si hay alguna forma elegante de comer espaguetis carbonara, me temo que no la sé –dijo Megan, esbozando una leve sonrisa de autocensura y deseando por enésima vez desde que habían entrado en el encantador restaurante italiano en una calle apartada del Soho que se le calmasen los latidos del corazón.

Elegante o no, pensó Kyle, que se excitaba por momentos, era muy erótico verla comer. Le había costado un esfuerzo sobrehumano reprimir el impulso de limpiarle la nata con la punta de la lengua; el problema era que no podría contentarse con solo el mentón...

–Lo estás haciendo perfecto –le dijo, tomando un trago de chianti color rubí–. ¿Cuánto llevas trabajando en el banco?

–Diez años.

–Es mucho tiempo haciendo algo que no te gusta.

–Demasiado –con la mirada baja, Megan dejó el tenedor en el borde del plato y se alisó el cabello. Aquella mañana, después de la innecesaria confrontación con su jefa, había visto lo mucho que le desagradaba su trabajo,

–¿Por qué te quedas?

–¿Aparte del temor de no ser lo bastante buena para otra cosa? Porque necesito ganarme el sustento, por supuesto.

–Podrías hacerlo con algo que te gustase. ¿Lo has pensado alguna vez?

–Por supuesto que lo he pensado –dijo ella, con los ojos más oscuros todavía–, pero antes no tenía demasiadas opciones –se interrumpió, jugueteando con el pie de la copa de vino. No quería hablar de Nick ni de su desastroso matrimonio con él y se dio cuenta de que la conversación se dirigía allí. Levantó la vista.

–Eres una mujer hermosa e inteligente –dijo él, con el ceño fruncido–. Podrías hacer lo que quisieras si te lo propusieras.

–Dicho por ti parece tan fácil...

–Lo es –se encogió de hombros Kyle–. Todo se reduce a opciones.

–¡Sí claro... podría correr la maratón de Londres si quisiese! –dijo Megan.

Apartó la vista, horrorizada ante su arrebato. Estaba claro que Kyle solo quería ayudarla. Pero el rostro tranquilo e implacable de él ni se inmutó.

–Todo tipo de gente corre la maratón, hasta gente minusválida –le dijo.

–¿Entonces, crees que soy minusválida? –ardientes lágrimas le escocieron los ojos y bajo la mesa arrugó la servilleta que tenía en el regazo.

–Usé la palabra para ilustrar el tema, nada más –dijo

él con calma–, quiero decir que la gente es quien se pone sus propios límites. Lo que importa es lo que piensas de ti mismo, no lo que los demás piensan de ti. Sigues en un trabajo que odias porque te has convencido de que no tienes otra opción. Si es por eso, podrías también encerrarte en una caja y tirar la llave a la basura.

Lo que él decía tenía sentido, Megan sabía que sí. Pero lo que no estaba tan claro era cómo haría para cambiar tan fácilmente. Su matrimonio con Nick le había robado toda su autoestima. Le llevaría tiempo recuperarla. Tiempo, paciencia y probablemente mucho trabajo.

¡Dios, estaba harta de trabajar! Lo que realmente quería era descansar. No, lo que realmente quería era el tiempo y el sitio para hacer realidad su sueño de convertirse en una pintora. Todo lo demás perdía su importancia al lado de aquello.

–Tu pintura me dejó alucinado.

Los pensamientos de Megan se detuvieron abruptamente.

–No tenía ni idea de lo que eras capaz –prosiguió él–. Conozco artistas, profesionales, que darían su mano derecha con tal de crear arte como lo que tú hiciste anoche. Un talento como ese es un don. Lo sé. Llevo lo bastante en el mundo del arte para reconocerlo cuando lo veo. Si tienes todo eso dentro, Megan, te debes a ti misma sacarlo –no hablaba solamente de la perfecta ejecución del cuadro en sí, sino que se refería más al poder de su mensaje.

Megan, dos manchas rojas en las mejillas, lo miró como si él le acabase de explicar el sentido del universo.

–¿Crees que quizá pueda, quiero decir que a lo mejor pueda hacer algo en el futuro?

–Creo que decididamente podrías tener un futuro en el mundo del arte –dijo Kyle.

Nuevamente deseó poder fumar. Se dio cuenta de que ello se debía a la excitación de estar en compañía de aquella mujer y desear mucho más que solo hablar. Una mujer que tenía tanta pasión dentro sería una magnífica amante para un hombre que compartiese esa pasión. Sintió el calor de la excitación en las ingles. Si no tenía cuidado, le resultaría terriblemente difícil ponerse de pie sin llamar la atención. El turbador efecto de su suave perfume floral lo estaba volviendo loco de deseo. Si ella hubiese sido otra mujer, no habría dudado en demostrarle que la deseaba, pero Megan Brand era especial. Además, Kyle deseaba ayudarla a tener éxito como artista y forzar una relación personal quizá no fuese tan buena idea en aquellos momentos.

–No sabes lo mucho que significa para mí que me digas que podría tener un futuro en la pintura. Es como un sueño hecho realidad. Tendré que trabajar duro y eso, pero ahora que sé que hay un atisbo de esperanza, no cejaré. ¿Crees... ejem... podrías... querrías ayudarme? Desde luego que te pagaría, no es necesario decirlo...

Se quedó con la mirada fija en el mantel, embargada por la súbita vergüenza de atreverse a pedirle ayuda a un hombre como él. Seguro que tendría cosas mucho más importantes que hacer con su tiempo que dedicarse a ayudar a expresarse a una pintora en ciernes, especialmente a alguien tan traumatizado como ella.

–¿Crees realmente que querría que me pagases? –dijo Kyle, apretando la mandíbula–. Si te ayudase, no lo haría por dinero, lo haría porque reconozco un don de Dios cuando lo veo y todo el mundo se merece la oportunidad de brillar en esta vida. Lo haría porque me daría placer además de una inmensa satisfacción. Si eso queda claro, estaría dispuesto a brindarte mi tiempo y mis conocimientos. ¿Queda eso claro, señorita Brand?

Megan se vio invadida por alegría y miedo a la vez, así como el temor de haberlo ofendido al ofrecerle dinero por sus servicios.

–Yo– ejem, entonces... Gracias, acepto la oferta... Kyle.

La ardiente mirada de Kyle la recorrió con una expresión tan intensa que le produjo un nudo en el estómago, como si él la hubiese tocado.

–Espero que descubras que la recompensa vale la pena –murmuró Kyle, sin poder evitar pensar que estaba a punto de arrojarla a los leones.

Se llevó la copa a los labios y saboreó la rica y seca explosión de sabor que le inundó la boca, sabiendo sin reservas que si el destino de Megan era lograr el éxito como artista, lo haría con o sin su ayuda. Pero, pensándolo bien, si debía tener un mentor, no le cabía ninguna duda que preferiría serlo él en vez de que lo fuese alguien más.

Capítulo 4

MEGAN se despertó de repente, con la frente y el cuello bañados de sudor. Sintiendo que se ahogaba, echó a un lado el edredón de plumas que se le había enrollado a la cintura, se sentó en el borde de la cama y casi lanzó un alarido al sentir la punzada de dolor en la pierna. Era terrible, atroz.

—¡Por favor, Dios, Santo! —dijo, controlando las lágrimas de desesperación y dolor. Se acomodó el recatado camisón blanco y comenzó a frotarse el muslo con ambas manos, intentando aliviar su agonía.

Ver las cicatrices que le cruzaban la rodilla, sumadas a las dos que le atravesaban el muslo, solo logró aumentar su sufrimiento. Todavía no se había acostumbrado a ellas y además, le recordaban aquella terrible noche.

—¡Infiernos! —exclamó, con el rostro pálido por la aflicción, mirando la hora. Eran las tres de la mañana, una hora particularmente mala para ella, la hora en que la perseguían sus fantasmas, atormentándola. El dolor la estaba enloqueciendo, su intensidad casi insoportable. Por más que no le gustase, tendría que recurrir a los analgésicos, porque si no, no podría volverse a dormir.

En la cocina, se sentó ante la barra de desayunar, con la mano temblándole levemente mientras tomaba dos cápsulas con un vaso de agua. No se había puesto la bata y tenía carne de gallina, pero el frío aire nocturno era lo que le menos la molestaba en aquel momento. Daría cualquier cosa con tal de que el dolor desapareciese para siempre y no la torturase más. Ojalá no tuviese que enfrentarse a una tercera operación. Todos los días rezaba para que la pierna se le curase bien y rápido pero, por la forma en que el dolor la quemaba en aquel momento, las perspectivas no parecían demasiado esperanzadoras.

Penny estaba pasando la noche con Ryan, su novio, y Megan se encontraba sola. Normalmente no le importaba, pero en aquel momento hubiese deseado tener la compañía de su amiga mientras esperaba que las píldoras hiciesen efecto. Había recurrido a su cariño y consuelo tantas veces, que no quería molestarla más.

El desaliento se hizo presa de ella. Cada punzada de dolor de su pierna le recordaba por qué tenía aquellas heridas. A aquellas horas tan intempestivas, sin nadie que la distrajese de sus atormentadores pensamientos, resultaba difícil que pudiese reprimir los recuerdos de su ex marido, Nick, por quien había dejado sus estudios. El hombre que rápidamente había pasado de ser un marido enamorado a manifestar un mujeriego, cruel y odioso alter ego. Megan no se podía creer que hubiese pensado alguna vez en tener hijos con él...

Hijos. Una agonía de otro tipo amenazó a Megan. Pocos días transcurrían sin que pensase en el bebé que había perdido. Se había acostumbrado a no pensar en ello, porque de lo contrario le resultaría imposible vivir. Había sido un sobresalto descubrir que estaba embarazada al final de su matrimonio, cuando ya no quedaba nada que salvar, pero también una secreta alegría.

Una noche en que Nick estaba borracho y Megan particularmente decaída, no había tenido las fuerzas para defenderse de él, algo que la avergonzaba mortalmente. Pero aunque la perspectiva de criar un niño no era algo para dar vítores, había decidido hacerlo. Era mucho mejor ser una madre sola y cariñosa que imponerle al niño un padre cruel y egoísta. Deliberadamente, no le había dicho nada a Nick sobre su embarazo porque tenía terror de que él encontrase la forma de quitarle al bebé cuando este naciese.

Pero él no había esperado hasta entonces. Se lo había quitado antes de que el pobrecillo tuviese la oportunidad de nacer... Megan se cubrió el rostro, presa del dolor. No era justo que Nick hubiese iniciado una nueva vida con Claire mientras que ella seguía sufriendo el terrible trauma de sus heridas físicas, además del de su pérdida, sin posibilidad de una pronta recuperación. Perder el precioso bebé que llevaba en el vientre había sido la última gota que colmó el vaso de su dolor. En comparación, una pierna rota no era nada.

–No pienses en ello, Megan, ni ahora, ni nunca –se dijo en voz alta y se levantó del alto taburete donde se hallaba, pero se llevó un susto horrible cuando la pierna herida cedió bajo su peso.

Alargó la mano, desesperada, y consiguió aferrarse justo a tiempo para evitar la caída. Lentamente, se volvió a sentar con la frente bañada en sudor. Tomó varias bocanadas de aire, intentando calmarse. No tendría que estar sola, tendría que llamar a alguien... Penny le había dejado el teléfono de Ryan en algún lado. Recordó que lo había pinchado en el corcho junto al teléfono, en el otro extremo de la cocina.

De repente, la estancia le pareció kilométrica y no se atrevió a moverse. El tictac del reloj de la pared marcó los minutos de una eternidad de angustia e indecisión. No podía llamar a Penny a aquella hora de la madrugada, no estaba bien. El sábado era el único día que su amiga tenía para pasar con su novio y no quería molestarla.

¿A quién más podía llamar? Conteniendo las lágrimas, Megan apretó los dientes para bajarse lentamente del taburete. Alargó la pierna herida lo más que pudo y comenzó a saltar lentamente sobre la otra para avanzar.

Finalmente, con el cuerpo húmedo de transpiración por el esfuerzo, llegó hasta el teléfono. Cuando miraba los diferentes papelitos con números pegados con chinchetas en el corcho, sus ojos vieron el teléfono de Kyle.

¿Llamar a Kyle? ¿Se había vuelto totalmente loca? Seguro que estaba durmiendo, quizá no estaba solo...

Unos inesperados celos la invadieron como si hubiese recibido una cuchillada, dejándola sin aliento. ¿Y a ella qué le importaba si él salía con alguien? Kyle era solo su profesor, iba a ayudarla con su pintura. Se había ofrecido a ser su tutor, una relación meramente profesional.

Pero, al margen de aquello, la necesidad de llamar al hombre que ocupaba sus pensamientos prácticamente desde que le había puesto los ojos encima fue imposible de resistir. Si él pudiese disponer de uno o dos minutos para hablar...

Necesitaba oír su voz, tener alguien que la escuchase. Y ya que no podía ser su amiga Penny, sentía por algún motivo inexplicable que tenía que ser Kyle.

Marcó el número rápido, antes de arrepentirse. Al oír los tonos, no supo qué resultaba más fuerte: el ruido del teléfono o el latir de su corazón.

–¿Sabe qué hora es? –gruñó una voz de repente en su oído. En el fondo, se oyó algo que caía al suelo y

luego una ristra de frustrados improperios. Casi colgó.
Casi...

–¿Kyle?

–¿Quién es? –la voz se tornó alerta.

Megan se lo imaginó sentado en la cama, pasándose la mano por el revuelto cabello. ¿Llevaría pijama o dormiría desnudo? Oh, Dios, quizá no fuese una idea tan buena llamarlo después de todo. Una ardiente punzada de dolor le recorrió la pierna, recordándole brutalmente el motivo por el que lo llamaba.

–Soy Megan, Megan Brand –dijo, temiendo que él no recordase quién era.

–Megan. Esto es un poco inesperado –dijo él, roncamente.

Una llamita de calor se encendió dentro de ella, dispersando el frío que la invadía.

–Siento llamar a esta hora, ojalá no lo hubiese hecho –dijo, ruborizándose avergonzada, a punto de echarse a llorar–. Una mala idea –añadió sin aliento.

–¿Por qué lo dices? Puedes llamarme cuando quieras. De veras te lo digo. ¿Qué pasa? ¿Qué te sucede?

La genuina preocupación de la voz masculina casi fue la perdición de Megan. Estremeciéndose, miró la ventana de la cocina, cerrada con una celosía gris.

–Ne... necesitaba hablar con alguien. Mi compañera se ha ido a pasar la noche fuera y... y me he despertado con este horrible dolor en la pierna. He tomado unos analgésicos, pe– pero cuando apoyé el pie en el suelo, la pierna cedió... no... no supe qué hacer, con quién hablar...

–Has hecho bien en llamarme. ¿Dónde estás ahora? –le preguntó él y su voz se llenó de energía y decisión.

–Estoy en la cocina. He logrado llegar al teléfono –con cautela, Megan bajó el pie al suelo e intentó apoyar su peso sobre él. En cuanto lo hizo, el dolor le atravesó la pierna, tan feroz que estuvo a punto de darle un desmayo.

Kyle oyó su súbito grito ahogado y se aferró al auricular, apretándolo contra la oreja.

–¡Megan! ¿Qué pasa? ¿Te encuentras bien?

–Intenté bajar el pie, pero no... no he podido. Me duele como si... como si... –se interrumpió, y ardientes lágrimas le corrieron por el rostro. No tenía derecho a molestarlo a él, al que apenas conocía–. No tendría que haber llamado –murmuró. No sabía si cortar o decirle cuánto sentía ser tan pesada. Tendría que haber intentado volverse a meter en la cama para esperar que los analgésicos hiciesen efecto...

–Voy para allá. Dame tu dirección.

–¡No! –exclamó Meg–. Lo que quiero decir es que solo quería alguien con quien hablar... no es necesario que vengas.

–¿Por qué no me dejas que sea yo quien decida eso? ¿Podrás abrirme de alguna manera?

Megan se apretó los dedos contra la frente intentando pensar.

–Probablemente logre llegar hasta la puerta del apartamento. Será imposible que consiga bajar a abrirte la puerta de entrada, pero si bajas por la salida de incendios hasta el sótano, encontrarás una llave de la entrada bajo el felpudo de la puerta. La hemos puesto allí con una vecina que es azafata por si alguna vez a alguien se queda encerrada fuera.

–No es demasiado sensato desde el punto de vista de la seguridad, pero dadas las presentes circunstancias, no te daré una regañina –dijo, con la voz un poco más suave, pero no tanto.

–No es necesario que lo hagas –dijo Megan, lanzando un lento suspiro. De repente, se sintió tan cansada, que le dio igual lo que él pensase de ella.

—Dame la dirección, Megan. Enseguida estoy allí. Mientras tanto, prométeme que descansarás, ¿de acuerdo?

Ella encendió la radio y, con la cabeza apoyada en los brazos sobre la barra de desayunar, oyó una serie de canciones antiguas, la mayoría baladas de amor. Algunas le recordaron dolorosamente a Nick, otras a cuando estaba en la secundaria... los recuerdos entraban y salían de su cabeza como si fuesen escenas de la vida de alguien más.

Ansiaba tomar algo caliente, pero no se atrevió a moverse con un recipiente de agua hirviendo. Seguía sin poder apoyar el pie en el suelo. Le escocían los ojos del sueño, el cuerpo le dolía... finalmente, apagó la radio y lenta y cuidadosamente se dirigió al salón.

Apretó los dientes para soportar el terrible dolor de la pierna, como si le clavasen un destornillador y lo removieran dentro. Miró el reloj sobre la chimenea, rogando que Kyle o el amanecer llegasen pronto. Cualquiera de los dos le daba igual, había perdido el poder de decisión. Avanzó lentamente otro poco y llegó hasta una de las lámparas, que encendió.

La luz acababa de inundar la estancia cuando oyó pasos que subían las escaleras hasta el descansillo. El estómago se le contrajo y se sintió débil por la emoción. Kyle. Tenía que ser él. Lentamente brincó hasta las puerta y abrió antes de que él llamase.

—Hola —dijo, con una tímida sonrisa de ansiedad y disculpa, teñida de dolor.

Kyle se dio cuenta inmediatamente de sus ojeras, su palidez, que contrastaba contra el negro cabello. De no ser por las curvas deliciosas que insinuaba la suave tela, parecía una niñita con el increíblemente remilgado camisón blanco de algodón del que asomaban sus delgados brazos desnudos. Se apoyaba en el marco de la puerta y tenía levantado un pie del suelo.

Serio, él entró, y su indumentaria de chaqueta de cuero negro gastada pero de indudable buena calidad, camiseta negra y vaqueros indicaba que se había vestido de prisa. Sin embargo, Megan no podía imaginar a nadie que pudiese estar tan guapo como él en similares circunstancias. Su recio mentón se veía oscuro por la barba de un día y llevaba el cabello revuelto como si llevase varios días sin peinarse, lo cual lo hacía parecer más sexy todavía, más capaz de destruirle la poca paz interior que le quedaba. Debió de estar loca al llamarlo.

—Tendías que estar en la cama —le dijo él con voz ronca.

En cualquier otra ocasión le habría sugerido irse con ella a la cama, pero estaba claro que aquella mujer estaba dolorida, una muerta ambulante.

Sin más preámbulos, Kyle le soltó los dedos de la puerta y la levantó en sus brazos, estrechándola contra su pecho. Casi se tambaleó al sentirse invadido por la poderosísima sensación de que aquel era el sitio donde ella tenía que estar, con su cuerpo tierno, cálido y deliciosamente flexible contra el de él.

Cuando su hermoso y brillante cabello se le apoyó en el hombro, atormentándolo, un fuego le invadió las ingles con tanta fiereza que tuvo que morderse los labios para no lanzar un gemido. Nunca había estado tan excitado en su vida y a la vez tan incapaz de hacer nada al respecto. Su única salida era sonreír y aguantarse. Aquello le confirmaba algo que ya sabía: Megan Brand era todo lo que una mujer debía ser, y mucho más. Femenina, tierna e increíblemente sexy sin siquiera intentarlo...

—No deberías hacer esto —los oscuros ojos femeninos se cruzaron nerviosamente con los de él.

Le causaron un sentimiento tan parecido a la ternura que Kyle no pudo más que sonreír, sin saber que su gesto era deslumbrador. Toda su calidez se reflejó en aquella sonrisa, conmocionando a Megan más que el licor más potente. Además de consolarla y tranquilizarla, fue una sonrisa llena del deseo de llegar a un contacto más íntimo.

—No se me ocurre ninguna otra cosa que me gustaría hacer en vez de esto —dijo él con sinceridad y luego vio que a ella se le cerraban los párpados, aunque intentaba disimularlo—. Dime cuál es tu dormitorio. Estás muerta.

La depositó en la cama deshecha y, cuando la cubría con el edredón de plumas color lila, no pudo evitar darse cuenta de cuán pocos detalles femeninos adornaban la habitación.

Aparte de un juego de cepillos con mangos de plata y una fotografía enmarcada sobre la cómoda, el sencillo mobiliario de pino carecía de ornamentos. Lo único que había era un despertador digital y una sosa marina encima de la cama. El resto de las paredes de color magnolia estaban desnudas. Un albornoz blanco colgaba de un gancho detrás de la puerta, pero, aparte de ello, no había otra evidencia de la ocupante de la habitación.

Pensar que Megan se había negado algunos de los pequeños lujos que la mayoría de las mujeres considerarían imprescindibles lo conmovió profundamente, más aún en aquel momento, en que ella sufría tanto.

Megan yacía con la cabeza apoyada en las blancas almohadas, luchando por mantener los ojos abiertos, el cabello negro en un cautivador contraste que no solo

atrajo su mirada de artista, sino la del hombre fascinado. Deseaba tocarla con todas las células de su
cuerpo.

–¿Llamo al médico? –le preguntó, y al ver que ella
parpadeaba intentando concentrarse en él, se sentó con
cuidado en el borde de la cama para no causarle más
dolor todavía y la tomó de la mano–. ¿Megan? ¿Los
analgésicos son los que te están dando sueño? –de repente le dio terror de que ella estuviese perdiendo la
conciencia por otros motivos.

Pero luego ella asintió y le sonrió, haciendo que
casi se le detuviese el corazón. El deseo lo asaltó con
tanta fuerza que lo dejó sin aliento.

–Está bien, Kyle. No me... voy a desmayar, no te
preocupes. Estos... analgésicos son muy fuertes... Per-
perdona... no puedo mantener los ojos abiertos –dijo
Megan, que sentía que se hundía en una suave oscuridad mientras todo desaparecía, excepto la hipnótica
mirada de Kyle.

La miraba como si realmente le importase lo que le
sucedía, lo cual era imposible, por supuesto, porque
apenas si se conocían y ella lo había arrancado de la
cama a las tres de la mañana para sucumbir al sueño
prácticamente en el momento en que él llegó.

Se durmió sin poder evitarlo. Su último pensamiento
consciente fue la ferviente esperanza de que Kyle la
perdonase por haberlo molestado innecesariamente,
que no le retirase la oferta de ayudarla con la pintura.
Deseó seguirle gustando... aunque fuese un poquito.

Megan se movió y lentamente se despertó, abriendo
los ojos a una habitación inundada por la pálida luz de
la mañana. Las cortinas azules se mecían suavemente

con la brisa que entraba por la ventana abierta. Inspiró el fresco aire agradeciendo fervientemente haber sobrevivido la noche de tormento.

El dolor de su pierna había remitido. Lo único que le quedaba hacer era intentar caminar nuevamente. Gracias a Dios por los analgésicos, aunque detestaba tener que tomarlos. Gracias a Dios por... Kyle, que se había levantado de la cama respondiendo a su llamada de auxilio y había acudido a ayudarla a volver a la cama sin ningún percance.

Sentándose en la cama, se alisó el cabello con los dedos, preocupada al pensar que se había expuesto al mostrar su lado más débil a alguien que casi no conocía. Nunca hacía eso. A veces, hasta le ocultaba cosas a Penny, para que esta creyese que las cosas iban mucho mejor de lo que en realidad sucedía. Porque no quería mostrar el fracaso que estaba segura de ser. ¿Acaso no se lo había repetido Nick hasta la saciedad? «Eres una soñadora, Megan. Los soñadores nunca llegan a nada. Da gracias a que tú eres guapa, porque si no...».

Sintiendo que los ojos se le llenaban de lágrimas ardientes, Megan lanzó un improperio e hizo a un lado el edredón de pluma. Tenía que levantarse. Tenía que averiguar si Nick le había dejado algo, una nota que le indicase si estaba enfadado con ella por sacarlo de la cama en el medio de la noche para jugar al caballero de brillante armadura y la pobre princesa.

Pero cuando comenzaba a pensar en ello, la puerta del dormitorio se abrió y apareció él con aspecto de un pirata desaliñado, en vez de un caballero de armadura. La barba le había crecido todavía más mientras que sus inquietantes ojos brillaban como oro líquido, haciendo que pareciese... pues... excitado.

Bajo el camisón, los pechos de Megan se pusieron

tensos y comenzaron a cosquillearle, los pezones duros y deliciosamente sensibles. Los ojos castaños se le abrieron y el corazón le dio profundos latidos.

Apoyado contra la jamba de la puerta, con una taza de café en una mano y una sonrisa pecaminosa en los labios que habría hecho que una monja se plantease sus votos, Kyle la contempló a placer, como si estuviese pensando en comérsela para el desayuno.

Dios Santo. Megan tragó con dificultad y luego sintió que el corazón le daba un vuelco.

Capítulo 5

SUPONGO que no pensarías ir a ningún lado sin
pedirme ayuda?

–No... no pensaba que siguieras aquí, si he de
serte sincera –dijo Megan y sus ojos oscuros se apartaron de los de él, del efecto que sus ojos de pirata tenía
en sus sentidos.

Estaban solos en su dormitorio, por Dios, y ella estaba temporalmente incapacitada, al menos hasta ver si
podía caminar o no.

–¿Crees que te dejaría sola después de encontrarse
en esas condiciones? –la miró, confundido e incrédulo.

Se acercó a ella, dominando la habitación con su
masculina presencia. Con la taza en las manos, se sentó
en la cama junto a ella, recorriéndole el rostro con la
mirada, como queriendo memorizar cada una de la
facciones femeninas.

El estómago de Megan se tensó. Bajó la vista, comparando los sólidos muslos enfundados en vaqueros
con los suyos, increíblemente frágiles al lado de aquellos tan masculinos. Kyle probablemente tenía más
fuerza en su dedo meñique que ella en todo el cuerpo.
No pudo negar la atracción sexual que sentía vibrar en
su cuerpo, ahogando todos sus sentidos en ardiente
miel dorada. Supo, por el imperceptible entrecerrar de
sus ojos, que él también lo sentía.

–No tenía derecho a llamarte así, en mitad de la no-

che. No sé... no sé cómo pudo ocurrírseme hacerlo
—enredando sus dedos en la suave tela de su camisón,
Megan le lanzó una mirada.

—Hiciste lo correcto. Ya te lo dije —dijo él roncamente.

Levantando un mechón del pelo femenino, lo enro-
lló lánguidamente en su dedo. No solamente brillaba
como seda cara, también era igual de suave que ella.
Profundamente satisfecho al constatarlo, experimentó
un súbito deseo que le causó una anhelante erección.
El instinto carnal lo impulsaba a poseer a la hermosa y
ardiente morena que tenía a su lado con una temeraria
y desinhibida ansia que no recordaba haber sentido por
ninguna otra mujer, jamás. En aquel momento, apenas
si conseguía reprimir el torrente de emociones. Un
músculo se le contraía en la bronceada mejilla los profundos ojos color avellana brillantes por el esfuerzo
que le costaba controlarse.

—¿Cómo está tu pierna esta mañana? ¿Te sigue do-
liendo? —furioso consigo mismo por permitir que la
fuerza de su deseo tomase momentáneamente prefe-
rencia sobre la salud de Megan y su bienestar, le soltó
el mechó de pelo y se apartó lo bastante para que ella
se tranquilizase. No deseaba en absoluto que le tuviese
miedo.

—En este momento no me duele. Estaba por probar
si podía ponerme de pie —alivio, con una pizca de pesar, se reflejó en los hermosos ojos femeninos.

Kyle sintió que el pecho se le henchía de satisfacción al saber que ella también lo deseaba.

—Entonces, permíteme que te ayude.

Poniéndose de pie, dejó su taza de café sobre la cómoda de pino, la mirada atraída un instante por una
foto enmarcada en delicada filigrana de plata. Era de

Megan y una bonita rubia, claramente perteneciente a tiempos más felices. Las dos chicas le sonreían a la cámara como si no tuviesen ni una preocupación en el mundo, los pies desnudos hundidos en la dorada arena de alguna playa, el sol brillando en el mar detrás de ellas.

Kyle miró a Megan, preciosa con unos pantalones cortos blancos que dejaban sus largas y bronceadas piernas al descubierto y una escotada camiseta rosa. Además de sus claros atributos físicos, que hacían palidecer a la rubia a su lado, Kyle también notó que el encantador rostro de Megan parecía más tranquilo y relajado. No tenía la tristeza que reflejaba en sus ojos ahora.

—Es de antes de que comenzase la universidad —dijo ella tras él suavemente. A pesar de hacer un esfuerzo por que la voz no se le alterase, le tembló, lo cual hizo que Kyle se diese la vuelta para mirarla con intensidad.

—Penny y yo nos fuimos una semana a Tenerife entes de comenzar nuestros estudios: Penny, Moda y Diseño y yo, Bellas Artes. Nos lo pasamos estupendamente, no teníamos ni una responsabilidad. Creo que fue la única vez en mi vida en que me sentí totalmente libre. Ningún compromiso con nadie y ningún novio que arruinase el pastel — añadió con una trémula sonrisa.

Kyle tuvo que controlar el súbito impulso de encontrar al irresponsable de su ex marido y darle una buena tunda. Quería volver a ver a la chica de la foto, la chica que había sido antes de que la relación destructiva con aquel matón la destruyese.

—En fin, será mejor que me levante. No quiero entretenerte más.

–No me molesta en absoluto.

De repente, se encontró a su lado nuevamente, sujetándole el brazo y la espalda mientras ella intentaba ponerse de pie. Su champú, mezcla de coco y piña, el contacto con su satinada piel, hicieron que el deseo le resurgiese de forma casi incontrolable.

–Tranquila. No tienes por qué apresurarte. Intenta apoyar el pie en el suelo –dijo, con voz más ronca de lo habitual. Aquella proximidad sin poder tocarla como deseaba era una seria prueba de autocontrol.

Cuando su pie hizo contacto con la alfombra, Megan rezó con fervor para que no le doliese. Por algún milagro, no lo hizo. Mordiéndose los labios, intentó relajarlo un poco y añadir un poco más de peso. Increíblemente, siguió sin dolerle. Giró la cabeza para sonreírle al hombre a su lado, una sonrisa de un placer tan exquisito que casi le rompió a él el corazón.

–Está... está bien –le dijo ella, sin aliento, con la alegría de una niña a quien le han prometido un cachorrillo, y la emoción le oprimió a Kyle el corazón.

–¿Por qué no pruebas a caminar un poquito? –le sugirió.

Sujetándose al brazo masculino, Megan deslizó el pie adelante, dando un cauto paso. Lo siguió otro y luego otro. Aparte de la cojera, que ya tenía, todo parecía normal. Megan cerró los ojos un instante para ofrecer una rápida plegaria de agradecimiento. La posibilidad de una tercera operación se alejó un poco, como un fantasma que había atisbado para luego desaparecer.

–Creo que ya me las puedo arreglar sola –se ruborizó un poco, esperando que él le soltase el brazo. La avergonzó encontrarse vestida con solamente un camisón, sin haberse lavado la cara ni peinado. Ni siquiera Penny la veía así.

—¿Te sucede lo de anoche con frecuencia? —le preguntó Kyle, serio.

Anoche fue... particularmente mala —dijo Megan apartando la vista. Aquellos ojos hacían que le costase trabajo pensar—, pero, sí a veces sucede.

—¿No se puede hacer nada?

—¿Te refieres además de los analgésicos? —dijo, negando con la cabeza—. El traumatólogo que me operó las primeras dos veces me dijo que no estaba sanando lo bien que esperaba. Si no mejoro pronto, puede que me vuelva a operar. Tengo que mejorar mi estado de ánimo, ser más positiva para que eso no suceda. Primero porque es una perspectiva que odio y segundo, porque no quiero faltar más al trabajo.

No quería ni pensar en la cara de Lindsay cuando le dijese que se tenía que volver a operar.

—¿Tienes problemas en el trabajo? —preguntó Kyle, sujetándola del brazo como si no tuviese intención de soltarla hasta que estuviese totalmente satisfecho con lo que ella le decía.

—En realidad, no es un problema —dijo ella, enganchándose el pelo tras la oreja con la mano libre—. A mi jefa no le gusta que falte.

—¿Pero, sabe lo que sucedió en la pierna?

—Los detalles, no. Pero sabe que fue una mala caída —dijo ella, sintiendo el cálido aliento de Kyle en su piel y haciendo un esfuerzo por no mirarlo.

—Me parece que no tendías que estar trabajando. Está claro que no te has recuperado lo bastante. ¿Qué dice el doctor?

—Más o menos lo mismo que tú. Pero no me quiero

arriesgar a que haya mal ambiente en el trabajo si falto más. No vale la pena.

–¡Pero mujer! ¡No se trata de un constipado!

Finalmente, incapaz de controlarse más, Kyle la acercó violentamente a sí y estampó sus labios contra los de ella.

Megan no tuvo siquiera tiempo de protestar. En vez de ello, las sensaciones la invadieron como una tormenta de verano, tomándola prisionera en la fuerza primitiva de sus elementos. Sus pechos se aplastaron contra la firme pared de granito del pecho masculino y él le abarcó la cintura con fuerza mientras su erección se apretaba contra la pelvis femenina, dejando bien evidente la profundidad de su deseo. Mientras, reclamaba con su lengua la suave y cálida boca de Megan con increíble calor y sensualidad y un ansia tan básica, tan hambrienta, que le hizo perder el sentido.

Un deseo largamente reprimido golpeó a Megan con todo el empuje de un ariete, robándole el aliento, haciéndole ahogar un gemido en la boca masculina. El contacto de él, el calor animal que despedía, desenmarañaron todo lo que ella había creído saber de sí misma. Nunca había sentido semejante excitación sexual, semejante respuesta, ni en los largos y difíciles años de su matrimonio ni, desde luego, antes. ¿Sería por eso que Nick la había acusado de frigidez?

Con una salvaje imprecación, Kyle arrancó sus labios de los de ella y la apretó contra su pecho mientras le hundía los dedos posesivamente en los largos y sedosos mechones. Ella sintió el corazón masculino latiendo contra su mejilla, la cálida e impenetrable firmeza de su torso envolviéndola, sugiriendo la promesa de un refugio contra cualquier tormenta en la que se encontrase... Era insoportablemente seductor.

–Megan.

–¿Sí? –le preguntó ella, hundida en el recio torso masculino, en su aroma profundamente sensual, en el erótico contraste entre los firmes músculos masculinos y los suyos, más suaves. Sus dedos le acariciaron instintivamente la columna a través de la ligera protección de su camiseta.

Kyle se tomó un segundo para tranquilizar su corazón.

–Estás sufriendo... no quiero aprovecharme de ti.

Ella elevó la mirada hacia y él sus profundos ojos le llegaron al alma.

–Ya lo sé, pero no te estás aprovechando de mí. Me– me gustó –dicho esto, se separó de él y se dirigió lenta pero decididamente hacia el cuarto de baño. Cuando llegó a la puerta, se dio la vuelta–. No es necesario que te quedes. Es sábado y tendrás montones de cosas que hacer.

–¿Cómo lo sabes? –le dijo Kyle, divertido.

A Megan le dio un vuelco el corazón. Seguramente Kyle sabría como hacérselo pasar bien a una mujer en la cama, pero... ¿era eso lo que ella quería en aquel momento? Además, a pesar de que saltasen chispas cada vez que se encontraban, aquello no quería decir que Kyle tuviese mayor interés en ella que uno o dos revolcones en la cama y eso era algo que Megan nunca había hecho. Con nadie. Pero, sin embargo, aquel beso extraordinario había alimentado un anhelo en lo profundo de su ser que sería muy difícil de ignorar...

–Te agradezco que vinieses anoche a ayudarme, pero no quiero entretenerte más de lo necesario.

–¿Hiciste tú eso?

–¿Qué? –preguntó Megan y vio que él miraba la pequeña marina con el ceño fruncido–. No, no la pinté yo.

–Me alegro. Es malísima. Espero que tú aspires a mucho más que eso. Parece copiada de una tarjeta barata. Ni siquiera una buena copia –la miró fijamente.

–No te muerdes la lengua, ¿eh? –dijo ella, sintiéndose mortificada ante su desaprobación. Recordó a la chica que se lo había vendido.

–Cuando se trata de la pintura, no. Digo lo que veo. Si quieres llegar alto como artista, tendrás que aprender a aceptar las críticas además de las alabanzas.

–Ya lo sé –dijo Megan, ruborizándose levemente mientras apartaba la vista. Diez años de convivencia con Nick habían sido un buen entrenamiento. El hecho de haber sobrevivido era prueba de su tenacidad.

–No fue mi intención mortificarte –dijo él, con voz ronca comiéndosela con los ojos y despertando en ella un anhelo que le produjo una ridícula debilidad en las extremidades.

–No lo has hecho. Si me disculpas, tengo que lavarme y vestirme –dijo ella, con cada nervio de su cuerpo captando la energía que circulaba entre ellos.

–Ve a ducharte y cuando estés lista, yo estaré en la cocina, haciendo el desayuno. ¿Tienes comida en la nevera?

Aunque sonreía, Megan levantó un poco el mentón. Por más difíciles que estuviesen las cosas, siempre lograba poner comida en la nevera.

–Creo que encontrarás que hay de todo, pero no pretendo que cocines.

–Cariño, no pretendes nunca nada de nadie, ¿verdad? Ya va siendo hora de que lo hagas.

Lanzándole una mirada ardiente, como si le quitara la ropa, salió del dormitorio y cerró la puerta suavemente tras de sí.

Megan se duchó, se envolvió en su suave albornoz y dedicó diez minutos a secarse el cabello con el secador. Sentada en la cama, miró el cuadrito que Kyle había criticado. ¿Quizá no era tan bueno como a ella le había parecido? Al fin y al cabo, ¿qué más daba? Había comprado la pintura porque le encantaba el mar. No tenía por qué ser una obra de arte para hacerle sentir algo, ¿no?

De repente, golpearon a la puerta y se quedó de piedra, el pulso acelerado.

—¿Qué pasa? —llamó.

—El desayuno estará en la mesa dentro de cinco minutos —fue la breve respuesta.

—De acuerdo —dijo Megan, dejando el secador sobre la cama y poniéndose de pie—. Gracias, estoy casi lista. Me estoy vistiendo.

—¿Quieres ayuda? —fue la ronca réplica.

—No. No— gracias —tartamudeó.

Al ver su rostro ruborizado en el espejo, se impacientó. Cualquier otra mujer se habría reído de la broma, pero ella no. No tenía ni un ápice de sofisticación en el cuerpo y no sabía los juegos que los hombre jugaban. Con razón le había resultado tan difícil a Nick. Pero no quería pensar en su ex marido en aquel momento, con un posible ganador del concurso *El hombre más sexy del mundo* del otro lado de la puerta.

—Qué pena —dijo él en broma y se alejó.

Nerviosa, Megan buscó en su cómoda el top chino

rojo que Penny le había comprado en un viaje a Hong Kong. Era cómodo, elegante y muy favorecedor. Después del drama de la noche anterior, necesitaba algo que le levantase el ánimo en vez de vaqueros y jersey, lo que normalmente se ponía los fines de semana. Eligiendo una falda larga marrón y roja con un estampado de pequeñas flores de lis doradas, completó su atuendo con un toque de kohl en los párpados y un poco de carmín. Era el inicio de la primavera y el tiempo estaba inusualmente bueno, casi veraniego, se dijo, dirigiéndose con inquietud a la cocina. Además, jeans y una sudadera le darían demasiado calor.

El aroma de huevos con beicon la asaltó repentinamente y la boca se le hizo agua. Cuando Kyle se ofreció a hacer el desayuno, no se había imaginado que se pondría a cocinar. Le dio la sensación de que se había vuelto a equivocar.

Él había abierto ambas ventanas para que se fuese el olor a comida. En la barra había dispuesto dos sitios con los platos azules y blancos de Penny, uno junto al otro. Pero todavía más desconcertante era que se había puesto el delantal de cocina a rayas azules y blancas y estaba sirviendo unos perfectos huevos fritos como si hubiese nacido haciéndolo.

Megan se lo quedó mirando. Milagrosamente, la cocina seguía tan ordenada como siempre, el fregadero lleno de agua jabonosa lista para lavar los platos, el escurridero de acero inoxidable totalmente limpio. No solo sabía cocinar, sino que también estaba claramente domesticado. ¿Con qué más la sorprendería aquel hombre asombroso?

–¿Hambrienta? –le preguntó él, sin darse la vuelta.

–¡Estoy muerta de hambre! –dijo con sinceridad. Hacía un siglo que había cenado una sopa de verduras y dos bollitos de pan–. Me encantan los huevos con beicon.

Kyle se dio la vuelta. Dejó la espátula que había utilizado para servir y luego se pasó las manos lentamente por el delantal.

–Qué raro, ¿no? De repente, no tengo más hambre. Al menos, no de comida –dijo despacio.

Megan nunca se había sentido seducida por la voz de un hombre, pero lo estaba ahora. Haciendo un esfuerzo, apartó la mirada de la de él y se cruzó de brazos, nerviosa, consciente del pronunciado escote del top que le dejaba al descubierto el principio de los senos. Lo que le había parecido una buena idea, para rebelarse en contra de su conformismo habitual, podría ser interpretado como una estratagema para despertar el interés de él. Deseó que la tierra la tragase. Con el rostro del mismo color que el top, se entretuvo torpemente en buscar las tazas en el armario.

–¿Megan? –dijo Kyle, mirándola como si quisiese olvidar el desayuno y dedicarse a satisfacer apetitos de otra índole.

–¿Sí? –le preguntó ella, con voz tan ronca que no reconoció como suya.

–Para tu información, te diré que tengo algunos problemillas de presión...

–¿De veras? ¿Es grave? –preguntó ella, preocupada. Luego, vio que él sonreía.

–Sí, desde que entraste a esta estancia con ese traje –dijo él, lanzando un exagerado suspiro y sonriendo más ampliamente al ver lo turbada que se encontraba ella.

Ese era el problema, pensó Megan desalentada, que ella se tomaba todo en serio. Parecía que Dios se había olvidado de ella cuando repartió la inteligencia. En cuanto a una respuesta ingeniosa... mejor olvidarlo.

–Muy gracioso –fue lo único que pudo decir, alejándose ofendida con toda la dignidad que pudo, considerando que cojeaba.

Kyle se quedó mirando su espalda esbelta y sexy. Se imaginó inmediatamente el cuadro que quería pintar de ella: desnuda, sobre una silla, dándole la espalda iluminada por el sol que entraba por una ventana frente a ella, una delgada mano levantando el maravilloso cabello oscuro de la nuca...

Sentía en igual medida la fascinación y el deseo y ambas emociones lo desesperaban. Desde luego que tenía que pintarla y quizá, con mayor urgencia, seducirla, antes de que su inflamada libido hiciese que le resultase totalmente imposible pensar en otra cosa que no fuese ella...

Capítulo 6

SE SENTABAN uno al lado del otro en el parque donde habían ido a dibujar, bajo un enorme roble. Alrededor de ellos, la primavera estallaba en colores, reflejados en los crocos que alegraban la hierba y las campánulas azules meciéndose en la brisa.

Megan acarició el caro papel del bloc de dibujo que Kyle había recogido de su casa de camino al parque e hizo girar el lápiz en sus dedos para disfrutar con la sensación. El tacto siempre había sido uno de sus sentidos favoritos.

Recorrió con la vista el papel color marfil y luego la dirigió a Kyle. Con las piernas extendidas delante de sí y la espalda apoyada contra el recio e indomable tronco del árbol, él tenía los ojos cerrados y parecía encontrarse en comunión con el gigante. Dos espíritus invencibles unidos por la mutua admiración y el respeto. Lanzó un suspiro al pensar en su descabellada idea.

–¿Qué le sucede, señorita Brand? Se encuentra perdida y no sabe qué hacer o ese sonido ha sido una triquiñuela para conseguir mi atención? –preguntó Kyle, mirándola con una sonrisa entre divertida y apreciativa.

–Pensaba... pensaba en lo maravillosos que son los árboles.

Kyle se preguntó, al ver aquellos chispeantes ojos castaños, si aquella era la misma Megan que casi le había causado un paro cardíaco con su llamada nocturna.

Era una persona totalmente distinta. Parecía no tener ni una preocupación en el mundo, con su bonito top rojo y su falda hippy, pero Kyle sabía que no era así. Detrás de aquella sonrisa casi infantil, había muchísimo dolor que él no podía ni imaginar. Solo la pena de la pérdida de su hermana Yvette en aquel terrible accidente de coche podía acercársele...

–¿Por qué no intentas dibujar algunos árboles? –le sugirió con ternura–. ¿Por qué no este, para empezar? –se puso de pie, se alejó unos pasos y se la quedó mirando con las manos apoyadas en las caderas.

Estaba guapísimo. Al pasar por su casa también se había cambiado de ropa y afeitado. La expresión somnolienta en los ojos, lógica, con lo poco que había dormido, le aumentaba el encanto.

–¿Y tú, qué harás? –le preguntó con timidez, llevándose la mano al escote, donde se detenía la mirada masculina.

–Jugar un poco al fútbol, si me aceptan en el equipo –dijo él, señalando con la cabeza un grupo de niños que le daba a una pelota cerca.

–De acuerdo. Ve a divertirte –le dijo Megan, pensando en que cualquiera querría a aquel hombre en su equipo.

–Cariño, si de veras quisiese divertirme, me quedaría aquí mirándote el resto de la tarde, pero como seguramente eso te pondría nerviosa... Tómate tu tiempo... a menos que tengas planes para esta tarde.

Una expresión de duda pasó por sus facciones y Megan se dio cuenta de que él quería realmente estar con ella. Sintió emoción y excitación a la vez.

–No, no tengo planes –le dijo con sinceridad, mirándolo directamente.

La sensual boca masculina se relajó visiblemente.

–Bien. Hasta dentro de un rato. Dibuja el árbol. Muéstrame lo que sabes hacer.

Durante largo rato, Megan no pudo dibujar nada, observando el cuerpo alto y atlético de Kyle corriendo con los muchachos. Parecía que todo lo que él hacía, lo hacía facilidad y destreza. ¿Haría el amor de la misma forma? Megan se estremeció. No tenía nada que ofrecerle a aquel hombre vital y dinámico. Nada excepto su pasión por el arte. Aquella era la única pasión que estaban destinados a compartir. Cualquier otra cosa era pura fantasía por su parte, porque tarde o temprano, la fría y dura realidad haría que se tuviese que enfrentar al hecho de que con su invalidez y su dudosa capacidad de tener niños, no era una buena candidata para un hombre que buscase pareja.

Mejor sería que se pusiera a dibujar antes de que Kyle volviese y no tuviese nada que mostrarle. Quería que viese que deseaba trabajar en serio. No pretendía que fuese un camino de rosas porque él le había dicho que tenía talento. Y había perdido técnica por falta de práctica, así que, cuanto antes se pusiese a trabajar, mejor.

La tarde pasó tranquilamente. Concentrada en su dibujo, Megan levantaba la vista de vez en cuando para mirar a Kyle jugando al fútbol, contenta de verlo divertirse, sin prisa por marcharse. Hacía mucho que no se sentía tan bien.

–¿Qué tal va?

Levantando la vista con un sobresalto, vio a Kyle mirándola con las manos en las caderas, un poco agitado por el juego y con frente perlada de sudor.

–Bien... espero –tapando el bloc cohibida con el brazo, se hizo sombra con la mano en los ojos para mirarlo.

–A ver... –se dejó caer a su lado, se alisó el pelo con la mano y luego la alargó para agarrar el bloc.

Satisfacción, mezclada con una excitación creciente, intensa y profunda, lo recorrió mientras observaba el dibujo de Megan del enorme roble. Pocas veces había visto un talento así, ni siquiera entre los alumnos más brillantes que había tenido. ¡Y Megan llevaba diez años sin hacer nada!

No solo había captado la imagen del magnífico árbol, también le había otorgado inmensa gracia y presencia, algo difícil de lograr. Parecía poseer ese toque especial que la distinguiría de los demás. Supo que no se había confundido con ella. La pintura que había hecho en su estudio no había sido un mero golpe de suerte. Se preguntó si ella sería consciente de hasta dónde podría llegar con semejante talento.

–¿Y dices que no has hecho nada en diez años? –le preguntó, devolviéndole el bloc.

–Algún dibujo, por el placer de hacerlo –se encogió de hombros Megan, como si no tuviese importancia.

–¿Y los has conservado?

–No. Los– los he tirado.

Evitando deliberadamente la penetrante mirada, ella cerró el bloc con dedos nerviosos y lo puso sobre la hierba casi con reverencia. No quiso arruinar el día diciéndole a Kyle qué había sucedido con sus preciosos dibujos, pero se dio cuenta por la forma en que él se puso tenso que se había dado cuenta de que algo malo pasaba.

–¿Los tiraste? ¿Por qué?

–A Nick no le gustaba que estuviesen en casa.

–¿De veras? ¡Ya sabía que era un marido desastroso, pero no que también fuese un imbécil!

–Sentía celos... No quería que tuviese otro interés

que... que él. Intenté esconderlos en mi armario, pero cuando los encontró, los rompió y tiró a la basura. No sentía ningún remordimiento. Pensaba que su comportamiento era perfectamente racional.

Las últimas palabras se le atragantaron e hizo un gesto con la cabeza, como espantando otro recuerdo del infierno que había sido si matrimonio.

–¿Y cuando te tiró por las escaleras?

–¿Qué pasa con eso?

–¿Supongo que llamarías a la policía?

La pregunta le produjo a Megan un nudo en el estómago. Incapaz de huir de la acusación reflejada en los ojos masculinos, negó tristemente con la cabeza.

–No quise involucrar a la policía. A ellos no les gusta intervenir en la violencia doméstica. Además, Nick estaba realmente afligido cuando se dio cuenta de lo que había hecho... realmente afligido –le bastó una mirada nerviosa a Kyle para darse cuenta de que él no la creía. Prosiguió–: Cuando se dio cuenta de lo que había hecho, me rogó que no se lo dijese a nadie. Solo Penny supo lo que sucedió. Hice que Nick la llamase. No estaba en condiciones ni siquiera de llamar una ambulancia. Creo que tenía miedo de lo que podría pasarle si alguien se enteraba. Desde luego que profesionalmente no lo hubiese favorecido en absoluto. En fin, que Penny fue a casa y tomó riendas del asunto.

Megan arrancó una brizna de hierba y se la quedó mirando. Nick le había robado todo con aquel violento acto de rencor: la fe, la esperanza, el amor, por no mencionar la dignidad y la autoestima.

Kyle, con el cuerpo tenso, tenía una expresión de silenciosa rabia en el rostro.

–¿Te había hecho daño antes de aquella noche? Físicamente, digo.

—Su crueldad era generalmente mental —con los labios apretados, Megan miró a la distancia nuevamente. La palidez de su rostro hacía que pareciese una niñita perdida.

Durante un momento, Kyle no supo qué hacer. Deseó no haber mencionado el tema, pero por otro lado, necesitaba ver hasta qué punto había sufrido ella para encontrar la forma de ayudarla.

—Entonces, ¿cuándo se marchó, cuando te internaron? —le preguntó en voz baja.

Una brisa un poco más fresca se levantó, llevándole el cabello al rostro a Megan. Ella se lo apartó y miró a Kyle con sorprendente firmeza.

—Estuve internada mucho tiempo. Cuando salí, él seguía viviendo en la casa y Claire, mi ex amiga, se había mudado con él. Yo estaba tan consternada todavía que no podía pensar en qué hacer en aquel momento, así que me mudé con Penny por un tiempo. No pensaba quedarme tanto. Pensé que recibiría mi parte de la casa y me compraría algo, pero todo se... complicó. Nick llevaba meses liado con Claire y consideraba que la casa era suya para disponer de ella a su gusto. Quince días después de mudarme con Penny recibí una carta de su abogado informándome de que él quería vender.

—Pero ¿no era un bien ganancial? —Nick la miró incrédulo.

—Estaba a nombre de Nick —ella tragó con dificultad—. Nunca le insistí para que incluyese mi nombre en la hipoteca. Me temo que no fui demasiado sensata con respecto a cosas como esa. Sé que probablemente suene terriblemente ingenuo, pero cuado me casé... realmente creí que lo sería para toda la vida.

En su relación con Nick Brand había sido una estúpida y ella era la primera en reconocerlo.

–¿Y qué hacían tus padres mientras sucedía todo esto?

–Mi padre se marchó cuando yo tenía dos años –dijo Megan, cerrando los ojos brevemente para lanzar un largo y lento suspiro–. Mi madre se volvió a casar y emigró a Australia. No mantenemos un contacto demasiado íntimo.

Comenzó a llover. Suavemente al principio, pero luego el agua se descargó con mayor ímpetu. Sin mirarlo, Megan recogió el bloc y su bastón. Luego, comenzó a ponerse de pie. La pierna le dolía un poquito y no era fácil hacerlo con elegancia cuando tenía gente mirando.

–Déjame ayudarte –dijo Kyle, poniéndose de pie en un segundo y tomándola del talle con una mano mientras con la otra le quitaba el bastón y le daba el brazo.

–¡No necesito ayuda! –desolada, intentó deshacerse de él, pero Kyle le hizo caso omiso y procedió a ayudarla igualmente.

–Necesitamos sacarte de esta lluvia. No estás precisamente vestida para un chubasco –dijo, negándose a devolverle el bastón, que se encajó bajo el brazo. Luego, antes de que ella pudiese decir nada, la levantó en sus brazos como si ella fuese una pluma.

Apretada contra su pecho, su aliento acariciándole la mejilla, la llevó por la hierba hasta el sendero de grava y por allí hasta el coche, sin hacer caso a las miradas de curiosidad que les dirigía la gente. Cuando la depositó en el asiento del coche, Megan se sentía más tensa que un atleta esperando el disparo de salida. Se cernía una tormenta, pero la que ella temía no tenía nada que ver con los elementos.

Lanzándole una mirada a Kyle cuando él se sentó tras el volante, observó que su expresión era tensa, como si estuviese a punto de explotar. Mordiéndose los labios, tratando desesperadamente de contener las lágrimas, miró estoicamente por la ventanilla, rogando que llegasen al apartamento lo antes posible para poder darle las gracias, despedirse y marcharse. Estaba furioso con ella. Todo se había arruinado... Todo por culpa suya.

–¿Tienes frío? –preguntó Kyle, encendiendo la calefacción.

Le lanzó una mirada preocupada mientras conducía, viendo no solo el perfil femenino, sino también que el top mojado se le había pegado al cuerpo y se le marcaban los pezones provocativamente. ¡Dios Santo! ¿Cómo podía pensar en otra cosa cuando ella estaba allí, con los ojos llenos de lágrimas, la mujer más deseable que había visto en su vida?

Deseaba ayudarla, bien lo sabía Dios, pero primero, de alguna forma, tenía que controlar sus hormonas. Se movió en el asiento mientras conducía, tratando de aliviar su incomodidad, y controlando el súbito deseo de lanzar una blasfemia.

Megan, inmersa en su propia pena, de repente se dio cuenta de que entraban en la elegante callecita de Notting Hill, donde vivía Kyle.

–No sabía que veníamos aquí –dijo, tan nerviosa que le costó decirlo.

–Dijiste que no tenías planes para la tarde –dijo él, apagando el motor.

Se giró ligeramente a mirarla y Megan fue consciente de la energía y el calor que irradiaba con la fuerza de algo salvaje. Había algo inexpresado en su voz, en la forma en que la miraba, que la desafiaba a que negase lo que existía entre los dos... si se atrevía. Megan recorrió con la mirada el cuerpo recio de él y se le secó la boca cuando vio la evidencia de su deseo.

–Sé– sé que lo dije, pero...

–Pero nada –dijo Kyle con voz ronca–. Vienes a casa y no aceptaré un «no» por respuesta.

Megan oyó el golpe de la puerta de entrada mientras se dirigía temerosa al salón, regañándose internamente por no insistir en que la llevase a su casa. No tenía ni idea del motivo por el que él quería que se quedase con él. Su mente evitaba deliberadamente la razón más obvia, porque el tema había sido tan conflictivo durante su matrimonio que, sinceramente, tenía terror de hablar de ello. «Eres más fría que una tumba», le decía su marido y también la atormentaba diciéndole: «Pareces una muerta» cuando ella no había logrado satisfacerlo como él quería. Desde entonces ella estaba convencida de que en lo que se refería a la seducción, ella no tenía lo que se necesitaba para satisfacer a un hombre.

Esperó tristemente junto a la mesita de café. El jarrón de fresias que había encima, con su delicioso perfume, la había sorprendido antes cuando pasaron de ida al parque. Eran sus flores favoritas y la había emocionado que también le gustasen a un hombre tan viril y directo.

Él entró en aquel momento y apoyó el bastón con cuidado contra la pared. Se enderezó y se alisó el húmedo pelo rizado con los dedos.

–Será mejor que te quites esa ropa mojada antes de que pilles una pulmonía. Ven al dormitorio.

Cuando él le dio la espalda, Megan se frotó los brazos, temblando más de nervios que de frío.

–Es– estoy bien. Enseguida se me seca.

Kyle se dio la vuelta, los labios rígidos.

–¿Se puede saber qué te pasa?

–¿A– a qué te refieres? –preguntó Megan con los ojos desorbitados y el corazón retumbándole en el pecho mientras intentaba comprender su súbita hostilidad.

–No soy tu ex marido. No soy el malo de la película, Megan. Quiero ayudarte, pero no puedo hacerlo si insistes en cerrarte a mí.

Megan apartó la vista. Podía soportar de todo menos la amabilidad. La amabilidad de la gente la desarmaba. En aquel momento, sentía que se derretía por dentro al sentir el cariño y la preocupación en la sensual voz de Kyle.

–No sé aceptar la ayuda –le dijo–. La aprecio, de veras, pero bastante haces ya con darme la oportunidad de que vuelva a pintar. Si me permites que use el teléfono, llamaré a un taxi para ir a casa.

–¿Y si dijese que no quiero que te vayas? –preguntó él, cruzando los brazos sobre su poderoso pecho.

–¿Te refieres a que tú...? –Megan intentó tragar infructuosamente.

–Te estoy pidiendo que pases la noche conmigo, Megan. Mas claro, échale agua.

–Es imposible.

–¿A sí? –dijo él, sonriendo sin creerla y confundiéndola más–. ¿Puedo preguntar por qué?

–Porque... porque no sé cómo satisfacer a un hombre.

Capítulo 7

LA RESPUESTA masculina, una honda risa, fue profundamente sensual, como sirope caliente sobre un gofre húmedo y delicioso...

–No lo creo en absoluto... pero ¿y tú, Megan? ¿Te ha satisfecho algún hombre?

«Durante diez largos años, no», pensó ella, pero no se atrevió a decirlo. Sentía que el suelo se le hundía y que se ahogaba en la mirada de un hombre que le hacía desear rogarle que le hiciese el amor.

–Yo no– no... quiero decir... lo que quiero es usar el cuarto de baño, si puedo –dijo, dando unos pasos hacia él maldiciendo para sí la cojera que le robaba toda dignidad.

No era lógico que el la desease. Un hombre como aquel podía tener cualquier mujer que quisiese. Era guapo, inteligente y talentoso. También tenía dinero, eso estaba claro. ¿Qué podía darle ella salvo un cuerpo dañado y un corazón desilusionado y herido?

–Claro. Te mostraré dónde está –dijo él.

Antes de que ella cerrase la puerta del elegante cuarto de baño con su masculino perfume a jabón y colonia, Kyle le tomó la mano.

–Espera un momento. Necesitarás ropa seca.

Kyle le recorrió el cuerpo con la mirada con evidente ansia, tanto que Megan contuvo el aliento. Pero, de repente, se dio la vuelta y se marchó, rompiendo el hechizo.

Megan se apoyó contra la pared y lanzó un áspero suspiro.

Kyle volvió enseguida y le dio una camiseta gris y un par de pantalones de chándal negros. Su mirada seguía ardiente, pero con una especie de distancia que no le había notado antes.

Megan recibió la ropa con cortesía, cerró la puerta tras la espalda masculina que se alejaba y se dejó caer en la silla negra con un suspiro de alivio. Apoyó la ropa sobre un mueble junto a ella y alargó la mano para agarrar una esponjosa toalla blanca con que secarse.

Lo único en que podía pensar era en que él le había pedido que pasase la noche con él. Nunca nada le había parecido tan tentador y aterrador a la vez. Cerró los ojos un instante.

Cuando los volvió a abrir, se encontró mirando una hermosa acuarela que no había visto antes. Se trataba de una voluptuosa joven saliendo de una bañera antigua. El rubio y largo cabello le enmarcaba el rostro de rosadas mejillas, las manos sujetaban una toalla contra el pecho. Había algo muy sensual y erótico en aquel cuadro, que hizo que Megan se sintiese casi como una mirona.

¿Lo habría pintado Kyle? ¿Quién sería la voluptuosa modelo? ¿La que le había regalado los dulces? ¿Dónde estaría ahora? Sintió el aguijonazo de los celos. ¿Por qué tenía que ser todo tan complicado? ¿Por qué ella tenía tanto miedo cuando alguien como la joven modelo de Kyle podía desvestirse con confianza, hacer el amor y dejarse pintar por su amante como si ello fuese lo más natural del mundo?

Pero se estaba engañando si imaginaba que una noche con Kyle sería bastante. ¿Y si se enamoraba? Todo tenía un precio en la vida, ¿no? Y buen precio que había pagado al comprometerse con Nick. Haz una elección y cambias el futuro. El problema era que con la única persona con que se había acostado en su vida era Nick y él había acabado convenciéndola de que era frígida. Cuando algo se oye con frecuencia, se acaba por creerlo...

–¿Megan? ¿Te encuentras bien?

Al oír su voz preocupada del otro lado de la puerta, Megan se enderezó e hizo un esfuerzo por responder con calma. Los latidos de su corazón apenas le permitían oírse.

–Estoy bien, gracias. Enseguida voy.

–Estaré en la cocina haciendo café. Ven cuando acabes.

–De acuerdo –dijo.

Sabía que tenía que vestirse, pero no pudo. Sus ojos, reflejados en el espejo art déco se veían desorbitados por el miedo y la excitación. Hacía tanto tiempo que había sentido verdadero deseo que quizá se lo había imaginado. ¿Podría satisfacer a un hombre como Kyle? La respuesta tenía que ser «no». Se acabaría de secar, se vestiría y le diría con calma que no aceptaba su oferta de pasar la noche con él. Él lo comprendería. Un hombre como aquel se encogería de hombros y seguiría con su vida. Nunca faltan mujeres dispuestas, Megan estaba segura de ello.

–Hola.

–Kyle se dio la vuelta al oírla. Estaba picando pimientos para hacer una tortilla. La radio se oía suavemente, algo clásico, probablemente Schubert. Una mirada a Megan, con su enorme camiseta y sus pantalones hizo que todo pensamiento coherente se le fuese de la cabeza.

Dejó el cuchillo ruidosamente sobre la tabla de picar, agarró un paño a cuadros y se secó las manos; luego la dejó sobre la encimera.

La ropa grande, en vez de restársela, parecía acentuar su feminidad. Se notaba que no llevaba sujetador y la camiseta le marcaba los pechos llenos y erguidos, haciendo que con solo mirarla se sintiese excitado. Tan duro y excitado que era una agonía estar allí frente a ella como si no pasase nada.

—¿Mejor?

—Al menos, estoy seca —dijo ella, dirigiéndose inquieta hacia él. De repente, al ver el anhelo en los ojos masculinos, la sangre se le aceleró en las venas y la idea de quedarse a pasar la noche le pareció tan natural como respirar.

Kyle alargó los brazos antes de que ella llegase y la estrechó contra su pecho con fuerza, de modo que los pechos de ella se aplastaron contra la firme pared de su torso. Sus sentidos se vieron invadidos por el calor y la dureza masculina, por el contacto de piel contra piel, por el indiscutible magnetismo que él exudaba como colonia.

«Oh, Dios, cómo necesitaba esto». Se derritió cuando las manos de él se deslizaron suavemente por su cintura y descendieron para recorrerle el trasero. Con una suave imprecación, la boca masculina encontró la de ella, recibiendo una respuesta casi inmediata. Cuando el calor masculino la invadió, todos los sentidos en el cuerpo de Megan se rindieron a su exigencia tan urgentemente como cuando un imán atrae a otro. Sus pechos se endurecieron y un anhelo desesperado y ardiente la invadió con tanta fuerza que lanzó una hambrienta exclamación ahogada en la boca de él. Sus suaves espacios secretos absorbieron la erótica danza de la lengua masculina con otro gemido y arqueó su cuerpo contra el de él sintiendo, con una mezcla de miedo e ilusión, la rígida presión de la erección contra su abdomen.

Arrancando sus labios de los de ella con un ronco gruñido gutural, Kyle le tomó el rostro entre las manos y le clavó la mirada con un fuego que indicaba que estaba a punto de perder el control.

—Tengo que estar seguro... de que esto es lo que quieres.

Con el pulso acelerado, Kyle se hundió en las profundidades de los aterciopelados ojos castaños y supo que estaba irremediablemente perdido. La idea lo hizo estremecerse y sonreír, porque Dios sabía que lo hacía con gusto. Ya sus labios extrañaban el contacto con los de ella, el deseo lo recorría como la corriente irrefrenable de los rápidos. Podría amarla sin parar. Darse cuenta de ello fue como recibir el total impacto de la marea.

—Estoy segura —susurró ella.

Aquello era lo que Kyle necesitaba oír. La levantó en sus brazos y la llevó al dormitorio, depositándola cuidadosamente sobre la enorme cama de bronce.

Mientras él se movía por la habitación bajando las persianas, ella lo siguió con una especie de ansia descontrolada que nunca pensó que sentiría, devorándolo cuando él volvió a la cama lentamente. Kyle se quitó la camisa y luego la dejó caer en un movimiento fluido mientras ella devoraba con los ojos el magnífico torso bronceado. Seguro, confiado y perfectamente dueño de la situación, se montó con cuidado a horcajadas sobre ella y luego se inclinó para apoyarle las manos en los pechos. Fue como si la hubiese atravesado un rayo. La pelvis femenina se arqueó hacia él mientras cerraba los ojos y emitía un profundo gemido. Luego, los pulgares de él comenzaron su magia en los sensibles y tiesos pezones bajo la tela de la camiseta y ella volvió a abrir los ojos para encontrarse mirándola con una pasión intensamente erótica.

–Quítate la ropa.

El barniz de la cortesía había desaparecido. En su lugar había un deseo tan primitivo y salvaje que sacudió a Megan hasta las raíces. Ya no volvería a ser la misma. De lo único que era consciente era del calor que le corría por las venas como el inicio de una fiebre.

Con dedos trémulos comenzó a obedecerlo, forcejeando con la camiseta. Pero consciente de los poderosos muslos a ambos lados de los suyos, el plano estómago y el vello oscuro que nacía en el ombligo masculino y desaparecía provocativamente bajo la cinturilla de sus vaqueros, le resultó casi imposible lograr que sus dedos hiciesen lo que ella quería.

–Deja que te ayude.

En menos de un segundo le había quitado la camiseta y la tiraba al suelo. Su mirada hambrienta se dio un banquete con la visión de sus pechos llenos y redondos con los sensuales pezones oscuros y el glorioso cabello color ébano cayéndole por los hombros. Era todavía más hermosa de lo que la había imaginado y deseó poseerla con cada fibra de su ser.

Con un gruñido de aprobación, la dejó nuevamente sobre la cama y se inclinó sobre ella para adueñarse de uno de sus pechos, chupándolo y lamiéndolo mientras le acariciaba el otro con la mano.

Reprimiendo un grito, Megan onduló las caderas bajo él y con ronco susurro expresó su deseo.

–Por favor...

Él levantó la cabeza, le apoyó las manos en las caderas y le tiró de los pantalones, dejando al descubierto el triángulo negro de tela que apenas la cubría y mostraba el plano vientre y los suaves muslos.

Luego, antes de que Megan se diese cuenta de lo que pretendía, él le separó las piernas, hizo a un lado la delgada barrera de tela y le metió el dedo en el cálido y húmedo centro de su feminidad. Con las pupilas dilatadas por la sorpresa, sus músculos apretaron con fuerza la súbita y erótica invasión y sus manos se aferraron a los bíceps masculinos como si de ello dependiese su vida.

—¡Kyle!

Al sentir el urgente ruego de su nombre, Kyle se irguió, se quitó los vaqueros y la ropa interior y luego le arrancó a Megan el resto de la ropa. Ante la sorpresa femenina, puso la cálida seda de su sexo a la entrada de ella y empujó con fuerza.

Ambos se quedaron quietos ante la urgencia y la profundidad de la posesión de Kyle. Megan experimentó un deseo tan profundo que los ojos se le llenaron de lágrimas, la emoción largamente reprimida penetrándola hasta su esencia. Luego, Kyle comenzó a moverse dentro de ella, penetrándola más y más hasta que Megan se agarró desesperadamente a sus hombros y tiró de él hacia ella para besarlo.

Estaba ahogándose en el erótico sabor de su boca, emitiendo desesperados gemidos de deseo que nunca había pronunciado en su vida, subida a una cresta de pasión y deseo, cuando le llegó el momento. La sorprendió como una ola, llevándola de la seguridad de la costa, golpeándola con la fuerza de un torrente, exigiéndole una entrega total hasta dejarla trémula y llorosa tras su rendición y la fuerza de sus emociones.

Encima de ella, Kyle se quedó quieto y Megan se dio cuenta del esfuerzo que él hacía por contenerse.

–Estoy bien –le susurró, con los ojos arrasados en lágrimas–. No pares.

–Cariño –dijo él con voz ronca–. No podría aunque lo quisiera.

La volvió a penetrar hasta el fondo, la fuerza de su posesión haciendo que Megan meneease sus caderas y apretase los párpados mientras sentía el calor líquido derramarse dentro de ella. Un alarido de guerrero surgió de los labios masculinos cuando su pasión llegó a su cenit.

Luego, con un profundo estremecimiento, él se dejó caer suavemente sobre ella, aplastándola contra la cama con su peso y su fuerza. Sus largas piernas velludas se enredaron en las de ella y su aliento entrecortado le sonó en el oído.

Megan cerró los ojos un instante. Necesitaba de aquellos preciosos momentos para comprender la magnitud de lo que acababa de sentir, para maravillarse de haber tenido tan poco sentido común como para entregarse a un hombre que probablemente consideraría su relación sexual como algo totalmente fugaz. Estaba segura de que él supondría que ella lo consideraría de la misma forma. Después de todo, ella era una chica moderna, ¿verdad? Estaba clarísimo que Kyle esperaría una actitud moderna. No importaba que su corazón dijese lo contrario; no importaba que ella ansiase algo mucho más duradero y permanente...

–¿Te encuentras bien? ¿No te hice daño? No era mi intención que la primera vez acabase tan rápido –sonrió él en la semioscuridad, como si su ego pudiese soportar una broma incluso en un momento tan crítico.

Megan sintió que también ella sonreía en respuesta.

—Estoy bien. Estuvo— estuvo bien.

—¿Bien? —exclamó Kyle, sacudiendo su despeinada cabeza con un fiero gruñido. En la tenue luz que se filtraba por las persianas, sus ojos brillaban con incredulidad y deseo—. Cariño, en todos mis años de varón sexualmente activo, no creo que jamás nadie me haya dicho que mi comportamiento haya estado «bien». Me temo que tendrás que pagar por ese comentario tan obviamente injustificado.

—¿Pagar? ¿Cómo?

Megan lanzó una exclamación de sorpresa cuando Kyle la agarró súbitamente de la cintura y se dio la vuelta para ponérsela encima. Se encontró mirando su sonrisa burlona, con el largo cabello rozando el áspero vello del pecho masculino. Su pobre corazón se aceleró locamente ante la perspectiva de lo que podría ser el supuesto «castigo».

—Señorita, sinceramente espero que tenga tanta resistencia como yo, porque el efecto que tiene sobre mí en este momento quizá indique que tendré que seguir toda la noche.

—¿Es eso... posible?

—¿Me estás desafiando?

El rostro súbitamente serio, Kyle le apoyó las manos sobre la suave piel de las caderas, haciéndola deslizarse con cuidado a lo largo de la tersura de su miembro erecto, como si los dos hubiesen sido hechos para aquello solamente. Inmerso en su embrujo, su mirada recorrió ávidamente el rostro femenino, ruborizado por la excitación, con salvaje y primitiva satisfacción masculina, totalmente absorto en la idea de amarla de todas las formas posibles durante el resto de la noche.

Estaba en lo cierto al suponer la pasión que ella

guardaba. La primera vez la había poseído con rapidez y dureza, pero Megan había igualado su delirio. Había un desenfreno en ella que encontró su hogar en el feroz deseo de amarla y poseerla.

Megan lanzó un gemido y Kyle dio un empujón hacia arriba, su erección llenándola tan completamente que ella creyó morir de voluptuoso placer. Si aquello era hacer el amor, pensó, mareada, lo que había compartido con Nick aquellos difíciles años no era más que una triste imitación.

Mientas Kyle la guiaba apasionadamente hacia alturas más elevadas de placer con sus manos, su cuerpo duro y cálido y su estupenda boca, Megan supo con súbita certeza que aquellas dañinas acusaciones de su marido no habían sido más que un puñado de crueles mentiras. Recibiendo la voraz posesión de su cuerpo con la misma ansia, se dio cuenta de que no había ni una célula de su cuerpo que fuese ni remotamente frígida. Todo aquel tiempo había estado esperando al hombre apropiado para que despertase la pasión insaciable que era capaz de dar: Kyle.

De repente Megan miró a su amante con sus ojos cálidos y abiertos.

–¿Cuál es tu apellido? –dijo roncamente mientras las manos masculinas le abarcaban los pechos y se los masajeaban.

–¿Qué más da? –gruñó él, dándose la vuelta y llevándola consigo hasta que ella quedó con la espalda nuevamente contra el colchón. Cerrándole las caderas con sus fuertes muslos, le levantó los brazos por encima de la cabeza, aprisionando sus muñecas contra la almohada detrás de ella, para poder deleitarse con su deliciosa desnudez–. ¿Te hago daño?

–¿Te refieres a mi pierna? –preguntó Megan, probando a mover el muslo y bloqueando mentalmente el dolor–. No –replicó, los labios trémulos.

No quería que él se interrumpiese. Lo que le estaba dando era más importante que cualquier dolor y además se sentía como si hubiese estado esperando toda su vida aquel viaje por los sentidos, no estaba dispuesta a interrumpirlo ahora.

–Estoy bien. ¿No te parece que estoy bien? –añadió con descaro y un hoyuelo apareció junto a su generosa boca.

–Cariño, me deslumbras. Un hombre tendría que buscar mucho para encontrar algo tan hermoso –le dijo y sin más preámbulo la penetró de un fuerte empellón, borrando mágicamente todo pensamiento coherente que ella pudiese tener.

Capítulo 8

KYLE se hundió más profundamente en la fresca seda de la almohada, decidido a disfrutar del placer de la duermevela un poquito más. Perezosamente, como un gato, alargó el brazo.

En cuanto sintió el hueco vacío a su lado, abrió los ojos y se sentó de golpe, sus sentidos alerta.

Megan había desaparecido. La camiseta y los pantalones de chándal estaban cuidadosamente doblados sobre la pequeña cómoda china junto a la cama. La desilusión y la rabia le hicieron un nudo en el estómago. ¿Dónde diablos se había metido? Ninguna mujer lo había dejado plantado de aquella manera después de pasar la noche en sus brazos. En el pasado él lo había hecho, pero no se sentía orgulloso de ello.

Lanzando una imprecación, buscó sus calzoncillos de seda y se los puso. Levantó las persianas y la luz de la mañana lo cegó mientras, inmerso en los aromas de la noche, que le hicieron desear a Megan nuevamente, buscaba sus vaqueros. Los encontró al pie de la cama y se los puso mientras se dirigía a la cocina. Allí encontró los pimientos que había picado para la tortilla en un cuenco de cerámica, cubiertos con un papel transparente.

¡Había tenido tiempo para ordenar la cocina pero no para decirle que se iba! Habían pasado toda la tarde y la noche en la cama y se había marchado como si hubiesen sido extraños que intercambiaban un saludo cortés en vez de una pasión tan profunda que Kyle todavía no se había podido recuperar de ella. ¡Se habían dormido abrazados, por el amor de Dios! ¿No contaba eso para nada? En ningún momento le había dicho ella que se marcharía temprano.

Incluso ahora, de pie en medio de su inmaculada cocina, se sentía como un barco a la deriva. Ansiaba tenerla con todos los sentidos: su corazón, su alma, su mente... por no decir su cuerpo. Nunca había tenido una pareja más dispuesta ni sexy en la cama. El paraíso no podría ser más dulce.

¡Rayos! Tenía que ir a buscarla. Exigirle que volviese con él. Se había propuesto pasar el día trabajando con ella en el estudio, a pesar de que su libido dijese lo contrario. Necesitaba demostrarle que, al margen de su relación, él estaba más que dispuesto a ayudarla a forjar su carrera artística. Era una cuestión de honor para él. Un talento como aquel no podía perderse y quería ocuparse personalmente de que ella recibiese toda la tutela y la guía que necesitaba para llegar.

Pero primero tenía que verla y hablar con ella. Ni siquiera se detuvo a preguntarse el porqué. En vez de ello, se dirigió a su armario a buscar algo limpio antes de meterse bajo la ducha.

La fragancia de Nick, que tantos malos recuerdos le traía, hizo que a Megan se le contrajera el estómago mientras lo miraba nerviosamente, adueñado del sofá de Penny.

Nick parecía tan guapo y confiado como siempre, con su elegante y sobrio traje de marca, aunque un poquito más envejecido. Los mechones canosos la habían sorprendido un poco, pero su cabello seguía tan arreglado como siempre. La expresión casi insolente de su rostro le indicó que nada había cambiado y que él pensaba que era superior a todo el mundo.

Megan tragó convulsivamente, intentando que él no se diese cuenta de lo nerviosa que estaba al verlo. Aquel hombre ya la había dañado lo bastante, no necesitaba darle más munición que usase contra ella. En aquel momento, los insípidos ojos azules de su ex intentaban expresar cariño, cuando ella sabía perfectamente que era un sentimiento del cual él carecía totalmente. Llevaba su alianza de boda en el dedo anular, como burlándose de ella.

¿A qué jugaba? Hacía un año que estaban divorciados. ¿Por qué se había presentado así, sin avisar? Estaría tramando algo, pero ¿qué?

Apenas se había recuperado del sobresalto de encontrárselo en la puerta cinco minutos después de haber llegado de casa de Kyle. Con manos trémulas dejó sobre la mesa la taza de café que, como una imbécil, le había ofrecido. Seguro que otras mujeres le hubieran dado con la puerta en las narices, pero Megan no tenía valor para ello. En presencia de Nick se convertía en una niñita sola y asustada, lo cual le hacía sentir rabia y desprecio por sí misma.

—Gracias, querida. Sigues haciendo el café mejor que nadie.

El cumplido hizo que el estómago le diese un vuelco. Retorciendo las manos sobre a la larga falda india, miró el suelo, intentando reunir coraje. Kyle le había dicho que si se quedaba atascada en los viejos patrones de conducta era por su propia elección.

—Estoy segura de que no has venido a hacerme

cumplidos –le dijo, levantando la barbilla y dirigiendo la mirada a la puerta, como si mentalmente le estuviese diciendo que se fuese–. Un amigo mío viene dentro de unos minutos, así que, por favor, dime a qué has venido y vete.

No le resultó fácil mentir, pero tuvo que decirlo para protegerse. Penny no volvería hasta la noche y Kyle, pues... Kyle...

La mente se le fue momentáneamente a Kyle. ¿Qué habría pensado él cuando encontró que ella se había marchado? ¿Se habría enfadado? ¿Querría volver a hablar con ella alguna vez?

Ella se había sentido abrumada por la vergüenza al despertarse en la cama con él y recordar el desenfreno y la pasión con que se le había entregado. Qué inconsciente. No habían usado preservativos. ¿Y si se quedaba embarazada? «No seas estúpida, Megan». No había ninguna posibilidad de que aquello sucediese, después de lo que el médico le había dicho tras el accidente. Lo único que se le había ocurrido hacer por la mañana era desaparecer lo más rápido posible para no tener que enfrentarse al pesar o la vergüenza de que Kyle manifestase el menor indicio de que había sido un tremendo error...

–Me gusta hacerte cumplidos –dijo Nick, sacándola de sus pensamientos mientras cruzaba lánguidamente la pierna. Le recorrió con la mirada el cuerpo como si tuviese derecho a ello y Megan se alegró de haberse cambiado la camisetita roja por un jersey viejo.

–¡No! –dijo angustiada, recordando el dolor y la desesperación que aquel hombre le había hecho padecer. No tenía derecho a presentarse en el apartamento de Penny e intimidarla con sus halagos paternalistas. Quería que él se fuese. Si conseguía no verlo más en la vida, se pondría de rodillas y le daría gracias a Dios. Los ojos se le llenaron de lágrimas–. Estás jugando conmigo, Nick, y tú lo sabes. La diferencia está en que ahora no tengo por qué soportarlo más. Por si no lo recuerdas, estamos divorciados. Te fuiste a vivir con mi mejor amiga, ¿lo has olvidado?

–Tengo que haber estado loco –dijo Nick y se puso de pie.

Megan, nerviosa, sintió que el sudor le bajaba por la columna. ¿En qué habría estado pensando cuando lo hizo entrar?

–No sé a qué te refieres, Nick, pero...

–Claire es una neurótica. No como tú, Megan. No hay nadie como mi fascinante mujercita. Hasta la llamo por tu nombre cuando hacemos el amor, ¿sabes?

–¡No me interesa! ¡Y no soy tu mujer!

¿Habría estado bebiendo? Subrepticiamente, Megan olfateó el aire, alarmada al darse cuenta de que, además del perfume, Nick olía a whisky. ¿Desde la mañana estaba bebiendo? ¿Cómo no se había dado cuenta de ello antes? ¿Dónde estaba su sentido común, por el amor al Cielo?

–Será mejor que te vayas, Nick –dijo Megan, asombrándose a sí misma tras haber pronunciado las palabras.

La sangre se le heló en las venas cuando vio que Nick sonreía y luego lanzaba una carcajada, como si ella hubiese dicho algo realmente gracioso. Era desagradable. Desagradable y daba miedo.

–No seas boba, cielo. No me iré a ningún sitio hasta que hablemos de mi pequeña propuesta.

–Te pido que te vayas. No, mejor dicho, te exijo que te vayas. ¡No me interesa ninguna propuesta tuya, ni pequeña ni grande! –se dirigió a la puerta y la abrió.

«Por favor, Dios Santo», rezó, «Haz que se vaya ahora y te juro que nunca cometeré un error tan estúpido...».

Nick se derrumbó totalmente.

–Eres la única mujer que me ha entendido jamás –dijo, desencajado–. Las demás lo único que hacían era exigirme cosas... nada les venía bien... incluyendo Claire. Me dejó plantado, ¿sabes? Fui un tonto al dejarte ir, Meg. Dame otra oportunidad. A eso he venido.

–¿Otra oportunidad? –dijo Megan, sintiendo que le temblaba el labio inferior y una lágrima le corría por la mejilla–. ¿Estás loco?

La expresión de él se endureció al oírla y un brillo malicioso le iluminó los ojos antes de que lo pudiese disimular. Megan sintió que la mano que sujetaba el picaporte de la puerta se le humedecía de los nervios.

–No fue mi intención tirarte por las escaleras, pero sabes que tú tuviste en parte culpa de ello –dijo él con petulancia.

Megan sintió el salobre gusto de las lágrimas en su labio e intentó controlar el temblor de sus extremidades. Un espasmo de dolor le atravesó la pierna, ardiente, haciendo que se la frotase a través de la falda.

–¿Culpa mía? Me dejaste con una lesión que probablemente tenga para el resto de la vida, Nick. ¿Cómo que fue mi culpa? Explícamelo. ¡Desde luego que yo no me tiré por las escaleras!

–A veces puedes ser una hija de perra, Megan... Tuve que darte una lección –dijo, el alcohol haciéndole arrastrar las palabras. Se acercó a ella en actitud amenazadora.

Alerta y asustada, Megan se deslizó fuera y cerró la puerta. Apoyándose en el pasamanos de la escalera, con la mirada fija en el cristal esmerilado de la puerta de entrada, comenzó a bajar lo más rápido que pudo.

Detrás, oyó la imprecación de Nick al abrir la puerta y salir en su persecución. Con el corazón en la boca, llegó a la puerta antes que él y lanzó un alarido al abrirla.

Prácticamente en el mismo momento, sintió el ácido aliento de Nick y su mano en el brazo, que él agarró y tiró hacia atrás.

–¿Qué está sucediendo aquí?

Todo sucedió a la vez. Hubo un momento en que Megan estaba casi segura de que Nick la mataría. Un segundo más tarde él estaba aplastado contra la pared de ladrillos del edificio con Kyle sujetándolo por las solapas del elegante traje de marca.

–¡Kyle!

La miró mientras ella se frotaba el brazo que Nick le había tironeado brutalmente, sus ojos avellana llenos de pena y enfado a la vez. Megan nunca había sentido tanto alivio en su vida.

Había poca diferencia entre los dos hombres, pero en la pálida luz de la mañana, Megan vio por primera vez las arrugas de estrés alrededor de los ojos de su ex marido y las señales que el alcohol le estaba dejando en el rostro.

Estaba furiosa con él por asustarla tanto, por volverle a hacer daño. Pero, además de su rabia y dolor, había también pena. Porque a pesar de su actitud de superioridad, Nick era un hombre desorientado, que decididamente necesitaba buscar ayuda antes de hacerle daño a alguna otra mujer, como se lo había hecho a Megan.

–¿Estás bien? –preguntó Kyle, la voz ronca de furia al mirarla. Al verle la palidez del rostro, el dolor en los líquidos ojos castaños, sintió una momentánea debilidad, como si alguien le hubiese dado un puñetazo en el medio del plexo y lo hubiese dejado sin aire. No esperó respuesta. Su mirada se dirigió al pálido y sudoroso pelele que sujetaba por las solapas.

–Normalmente, actúo antes de pensar –le dijo–, así que supongo que hoy será tu día de suerte, porque si no, ya tendríamos que haber llamado a una ambulancia –como para reforzar sus palabras, le dio un fuerte empujón contra la pared y clavó la mirada en él. Tuvo que apartar el rostro cuando un desagradable aliento a alcohol estuvo a punto de producirle arcadas–. No sé si estaré equivocado, pero supongo que serás el infame ex marido. ¿Me equivoco?

Megan se apoyó contra el vano de la puerta, helada. Con un trémulo suspiro, se cruzó de brazos.

Nick lanzó una maldición.

–¿A ti que mas te da? Quítame las manos de encima, ¿vale? Me estás arrugando el traje.

–¿De veras?

Al ver el músculo que le latía a Kyle en la mejilla, Megan apartó la vista. Nick podría considerarse afortunado si se libraba con solo arrugas en el traje.

–Vete adentro, Megan.

–Déjalo, Kyle, está borracho.

–¡Te he dicho que entres, y quédate dentro! –la gélida mirada que Kyle le dirigió la hizo temblar.

Lanzándole una mirada de pena a Nick, Megan se dio la vuelta para obedecer. Ya era mayorcito. De repente, sintió que no tenía fuerzas para defenderlo más.

Pasaron unos quince minutos antes de que Kyle entrase. Quince minutos en los que Megan se paseó ansiosamente, frotándose la pierna dolorida, aguzando el oído para percibir señales de lucha o forcejeo, los ojos fijos en el teléfono por si tenía que llamar pidiendo asistencia.

Cuando Kyle finalmente apareció en la puerta, con una expresión amenazadora en el masculino rostro, Megan creyó que se desmayaría de alivio. Gracias a Dios, no parecía herido, solo grande y poderoso, dominando la estancia con la fuerza de la energía que parecía chisporrotear a su alrededor. La chaqueta de cuero negra y los ajustados vaqueros hacían que pareciese un oscuro ángel vengador, mientras que sus ojos... sus ojos se comían la distancia que los separaba.

—¿Te encuentras bien? —le preguntó él.

Megan asintió, los ojos clavados en la alfombra sin ver. No se merecía que él la mirase de aquella forma cuando Nick podría haberlo herido. Solo pensar en ello le daba náuseas. Pero también deseaba saber si Nick se encontraba bien, necesitaba asegurarse de que Kyle no había cometido alguna tontería por defenderla

—No está herido, si eso te preocupa —dijo él, como si le leyera los pensamientos—. Apenas si le puse un dedo encima, no fue necesario —apretaba la mandíbula una y otra vez en un esfuerzo por controlarse.

Megan levantó la mirada justo a tiempo para ver la feroz expresión de profunda rabia en sus dorados ojos.

—Nick y yo hemos tenido una pequeña conversación —prosiguió él—. Ya no te molestará más. Si llega a acercarse a menos de cinco metros de ti, la próxima vez sí que necesitará de los servicios de una ambulancia.

En vez de tranquilizarla, sus palabras la hicieron montar en cólera.

—¿Así es como los hombres resolvéis todo? ¿Con amenazas de violencia? —exclamó, agarrándose al respaldo de uno de los sillones y lanzándole una mirada furiosa.

—Pues tiene suerte de haberse librado con solo amenazas –dijo Kyle–. Si me hubiese dejado llevar por mis instintos, le habría dado una lección que no se olvidaría fácilmente.

–¿Y qué habrías solucionado con eso? –preguntó Megan apretando y soltando compulsivamente el respaldo del sillón.

–Nada –respondió él con frialdad–, pero al menos me habría dado el gusto de hacerle daño al hijo de perra que te ha lisiado para toda la vida.

De repente, Megan se dio cuenta del riesgo que había corrido. Dio la vuelta al sillón y se dejó caer en él. Nick podría haberla matado. Con su violencia, ya la había herido una vez y podría haber sido peor. Si hubiese caído de otra forma, se podría haber roto el cuello.

–Parece que tú has tomado el hábito de venir a rescatarme –levantando la mirada hasta Kyle, logró esbozar una sonrisa, pero se puso seria casi de inmediato.

–¿Por qué me dejaste plantado esta mañana? –con voz ronca, Kyle se acercó hasta donde ella se sentaba, mirándola con irritación apenas contenida.

–No– no sabía cómo enfrentarme a lo que sucedió entre… entre nosotros –reconoció con los labios trémulos.

Kyle se dejó caer a sus pies, acariciándole los suaves pliegues de la falda que el cubría las rodillas.

–¿Por qué estaba Nick aquí?

–No quiero hablar de Nick –suspiró ella entrecortadamente.

Kyle le apoyó de repente la cabeza en el regazo y comenzó a acariciarle los lados de los muslos de forma sensual y excitante a la vez.

–No tendrías que quedarte a solas con él. Nunca.

–Lo sé –dijo ella, ahogando una exclamación cuando

él le metió una mano por debajo de la falda y se la deslizó por la pantorrilla.

–Demasiada ropa –levantó la cabeza con una sonrisa sexy que le quitó el aliento–. Siempre llevas demasiada ropa, Megan. Lo único que quiero cuando te veo es quitártela prenda por prenda. Así.

Hipnotizada por su sonrisa, ella apenas se había dado cuenta de que las manos masculinas se le habían deslizado hasta las braguitas de algodón. Pero una oleada de emociones la invadió cuando él las agarró y se las quitó, descartándolas con un fluido movimiento.

–¡Kyle! –sin pensarlo, le hundió las manos en el cabello y se dejó llevar por el calor que la invadía, haciéndola humedecerse con sorprendente rapidez. Se ruborizó cuando él le levantó la falda y comenzó a besarle la cara interior del muslo.

–Oh, Dios –gritó cuando él comenzó a besarle las cicatrices que le cruzaban la rodilla–. No, por favor.

–No quiero que me escondas nada –le dijo él entrecortadamente, apartando con suavidad la mano con que ella se cubría–. No hay nada en ti que no sea exquisito.

Las lágrimas le nublaron los ojos a Megan. No podía tragar el nudo que se le había hecho en la garganta. Sus miradas se encontraron.

–Quiero estar dentro de ti –dijo Kyle con voz ronca.

–Sí.

Él la depositó suavemente en el suelo y rápidamente se desabrochó los vaqueros para penetrarla.

La mente de Megan explotó con la sensación de calor y aterciopelada dureza dentro de su cuerpo, sus tiernos músculos apretándolo una y otra vez. Él la llenó con su salvaje y ávida posesión, sus dorados ojos clavados en los de ella. Y luego Kyle inclinó la cabeza para que sus labios se uniesen, y la pelvis femenina se tensó al estallarle el deseo y el ansia dentro con un gozo inesperado. Las lágrimas le corrían por el rostro cuando la lengua de Kyle se introdujo en su boca. Mientras él consumía su cuerpo y su alma con su ardiente y devastador beso, Megan pensó que quizá muriese si no tenía aquel placer al menos una vez al día durante el resto de su vida.

Capítulo 9

KYLE se detuvo en la puerta del cenador para saborear la exquisita visión que se presentó ante sus ojos. Megan pintaba. De pie frente al caballete que él había dispuesto para ella, iluminada por el rayo de luz que entraba por la ventana. Kyle nunca la había visto tan hermosa. La expresión de su rostro era casi beatífica e irradiaba una luz fascinante.

La escena poseía el espíritu que él deseaba dar vida en su trabajo y el corazón se le llenó de gozo al mirarla, reconociendo en silencio que sería feliz con solo contemplarla el resto del día. Ella se había puesto sobre los vaqueros y la camisola una vieja camisa de él manchada de pintura y el pelo le caía sobre la suave curva de los senos.

Le había dado carta blanca para que hiciese lo que quisiera y ella estaba totalmente ajena a él y a su silenciosa observación. Tanto, que Kyle dudó en molestarla. Pero luego, como si algo la hubiese alertado, la mirada femenina giró y se cruzó con la de él, haciendo que fuegos artificiales explotaran en el estómago masculino. Kyle se enderezó, turbado por la fuerza de su atracción y tomó una gran bocanada de aire antes de atreverse a hablar.

–No quería molestarte, pero ya está la comida –sonrió, entrando al estudio. No recordaba haberse sentido nunca tan feliz.

Durante un segundo, Megan no supo qué decir. Al girarse y verlo contemplándola había sentido tanta alegría que su interior se había derretido con la intensidad de sus sentimientos.

–Se te da bien la cocina, ¿no? Cuando la vi por primera vez, tan pulcra, pensé que solo era para lucirla, pero sabes cocinar de veras, ¿verdad? –le dijo, con un hoyuelo en la mejilla.

–Mi madre quiso que así fuese –se encogió de hombros y la expresión juguetona de sus ojos le robó a ella el corazón–. Cree firmemente que los hombres «verdaderos» saben cocinar. En cierta forma, es como ser un artista. Pones todos los ingredientes o los colores juntos con la esperanza de crear algo hermoso.

–Haces que todo parezca tan... –Megan suspiró– tan sencillo.

–Así debería ser. No dije que lo fuese. Algunas veces puede ser una tortura –dijo, acercándose a ella con el hermoso rostro pensativo–. A veces, lo más difícil es lograr que las visiones que tienes en la mente se transfieran al lienzo. Vives y mueres en el proceso.

Megan se estremeció. Sabía perfectamente a lo que él se refería. A veces le resultaba tan difícil como trepar el Everest sin equipo. Y entonces, una vocecilla le decía que era una tonta en atreverse a soñar que se iba a poder ganar la vida como artista, como le había dicho toda la vida Nick. Un sonido ahogado se les escapó por los labios y la garganta se le puso tensa de la angustia al recordar lo que había sucedido por la mañana, lo débil que había sido.

Kyle enseguida se acercó a ella por detrás, rodeándole la cintura con los brazos para consolarla. Con una ahogada exclamación de sorpresa, sus músculos se tensaron para luego relajarse contra él con femenina ternura.

Las sensaciones se adueñaron de él, haciendo que se excitara de inmediato. ¡Infiernos! No podía ni siquiera estar en la misma estancia que ella sin excitarse y mucho menos ponerse tras ella, sintiendo la deliciosa curva de sus nalgas contra su cuerpo. Pero, sin embargo, sabía que ella sufría, y que su dolor era profundo.

Nick Brand tenía suerte de haber escapado con unas meras palabras de advertencia. Por Megan él no le había puesto las manos encima, porque, de ser por él, le habría demostrado inequívocamente lo que pensaba de un hombre que deliberadamente empujaba a su esposa por las escaleras y la lisiaba para siempre. La sangre se le subía a la cabeza con solo pensarlo.

—No estés triste –le dijo, levantándole el pelo para besar la fascinante nuca. Su perfume le estaba causando ya adicción.

—No estoy triste –dijo ella, dejando caer su cabeza sobre el pecho masculino–. Me da pena que hayas sido testigo de lo bajo que ha caído Nick. Ojalá no lo hubieses visto –confesó ella suavemente.

Apoyando la cabeza contra el pecho masculino, Megan dejó que la invadiese su fuerza silenciosa, su fascinante resistencia, su instintiva habilidad para consolar. Reconoció que sus brazos eran el único refugio que ansiaba. No solamente ahora, sino para siempre. De repente, como si un coche hubiese chocado con ella, se dio cuenta de que se había enamorado de Kyle, irremediablemente. Cerró los ojos.

—Lo que no comprendo es cómo te quedaste nueve años con él. ¿Por qué tanto tiempo?

—Miedo. Por miedo –dijo Megan, estremeciéndose al sentir cómo él le mordía la oreja suavemente–. Eso y la creencia de que podría arreglar las cosas. Estúpida, lo sé. Pensaba que la culpa era mía. Si pudiese ser más ordenada, más considerada, más cariñosa... quizá ocurriría un milagro. Pensé que Nick no buscaría a otras mujeres, que dejaría de beber. Pensé que él aprendería a ser feliz conmigo.

—Es un caso perdido, cariño, convéncete. Es un imbécil, pero su pérdida es mi ganancia —con devastadora intimidad, le apoyó las manos en los pechos, probando su peso.

Su movimiento fue increíblemente erótico. Mirando hacia abajo, Megan vio sus manos de artista en su pecho y un gemido de deseo se escapó de sus labios con un suspiro. El cuerpo le cosquilleaba con la ferocidad del amor que habían hecho antes y la asombró el hecho de querer volver a hacerlo tan pronto, de ansiar su contacto con tanta avidez.

—¿No— no íbamos a comer? —preguntó, dándose la vuelta en sus brazos.

—¿Prefieres comer en vez de esto? —murmuró él, con la voz ronca de deseo.

—El cuerpo tiene que comer —dijo Megan y aunque tenía el pulso acelerado, encontró el valor para apartarlo. Dejó el pincel sobre el caballete y luego, se alisó la camisa prestada, intentando calmar el temblor de sus manos.

Por más que desease hacer el amor, sabía que tenía que lograr poner un poco de distancia entre los dos. Si seguían uno encima del otro, ¡acabarían prendiéndose fuego! Pero, más que eso, Megan necesitaba tiempo para pensar. No podía permitir que su vida volviera a convertirse en un tren sin frenos. Tenía que sentarse en el sitio del conductor, analizar, pensar en qué hacer.

—Me pregunto si los grandes maestros tenían tantos

problemas como yo con sus protegidas –bromeó Kyle, aunque era evidente su frustración.

–¿Soy tu protegida, entonces?

–Musa, protegida, bruja... me da igual. Lo único que sé es que me has hecho un encantamiento. Me embriagas, Megan –sonrió Kyle.

–¿Siempre les haces cumplidos tan generosos a todas tus clientas? –preguntó ella, sintiendo envidia de todas las mujeres que él conocía, enferma de celos ante la idea de que él tuviese una relación íntima con alguien que no fuese ella.

No sabía que era capaz de sentir una emoción tan fuerte. Nunca se había sentido celosa de todas las mujeres con las que había estado Nick, ni siquiera Claire. Ahora que lo pensaba, le había dolido más la traición de su amiga que la de su esposo.

–¿A qué te refieres, Megan? –preguntó él con expresión implacable y los brazos cruzados, contemplando a la hermosa morena frente a él.

–Que– quería ase– asegurarme de que yo... de que tú... no estás...

–¿De que no me acuesto con cada una de las clientas que entran por esa puerta? No soy promiscuo, Megan. Nunca he sido un santo, pero no me acuesto porque sí. Ahora que ha quedado claro, quizá debiésemos comer, ¿qué te parece?

Dándole la espalda, se dirigió a la puerta.

Megan hizo un esfuerzo por controlar su enfado.

–¡No lo entiendo! ¿Cómo podemos estar teniendo una relación si ni siquiera sé tu apellido?

La emoción le hizo un nudo en la garganta cuando él se dio la media vuelta. Segura de que estaría furioso, Megan se quedó totalmente desarmada ante la maliciosa sonrisa que se dibujaba en los labios masculinos.

–Sabes mi nombre. ¿Por qué es tan importante? Solo necesitas un nombre que gritar cuando hacemos el amor.

–Es que... me gustaría que me lo dijeras. ¿No me lo puedes decir? Me parece tan ridículo no saberlo... –dijo, pensando que él sabía muchísimo más de ella que lo que había revelado sobre sí mismo.

–Al menos reconoces que lo nuestro es algo más que un revolcón –dijo Kyle en voz baja–. Mi apellido es Hytner. Kyle Hytner. ¿Te sientes mejor ahora?

El nombre le pareció conocido a Megan, pero no podría decir por qué.

–¿Por qué no me lo querías decir? ¿Por qué tanto secreto? –preguntó, perpleja ante su actitud evasiva.

–No es un secreto, es solo un nombre. No le des más importancia de la que tiene. Vamos a comer. Así podremos satisfacer un apetito, aunque más no sea.

Estaba pasando al ordenador una carta larga, complicada y aburrida que Lindsay le mandaba a un importante banquero de Manhattan para impresionarlo, cuando el teléfono le interrumpió la concentración. Con la mirada fija en la pantalla, levantó el auricular automáticamente y lanzó un suspiro.

Pensaba en la pintura que había iniciado en el estudio de Kyle, en cómo aplicar algunas de las técnicas que él le había sugerido. Se moría por agarrar los pinceles nuevamente y seguir donde lo había dejado. El trabajo del banco se le había hecho más difícil de soportar desde conocer a Kyle. Antes solo podía imaginar lo que se estaría perdiendo, pero ahora lo sabía. Ahora sí que lo sabía. Y la realidad era casi demasiado terrible como para soportarla. Él le había mostrado la forma de salir de aquella vida mediocre, una forma que ella quería adoptar y no dejar ir nunca más.

Un estremecimiento de excitación la recorría cuando contestó.

—Megan Brand, ¿en qué puedo servirle?

—Oh... se me ocurren unas cien formas diferentes... quizá más.

Al oír la voz sensual de Kyle, Megan sintió que se le humedecía la nuca.

—¡No tendrías que hablarme así en el trabajo! —le dijo sin aliento y alargó el cuello para mirar si alguno de sus colegas la observaba. Gracias a Dios, parecía que no.

Al mirarlos, a nadie se le hubiese ocurrido que tuviesen una vida fuera de aquellas frías paredes. Fue un pensamiento atemorizador y, de repente, Megan no quiso que su vida fuese eternamente aburrida. Comenzaba a despreciarse a sí misma por soportar aquello cuando podría estar haciendo tanto más... si tuviese suficiente valor.

—Me gusta hablar contigo así —insistió Kyle. Su tono profundo reverberó a través de Megan como mil pequeños impulsos eléctricos.

Miró nerviosamente la puerta del despacho de Lindsay. Gracias a Dios estaba cerrada.

—Pensarás que es una tontería, pero a veces graban las conversaciones, para asegurarse de que somos unas trabajadoras hormiguitas que producimos dinero para nuestros accionistas.

—Entonces, hagamos que valga la pena la grabación, ¿de acuerdo? —propuso Kyle provocativamente.

Antes de que Megan se percatase exactamente de lo que él se proponía, Kyle comenzó a decirle de la forma más gráfica posible lo que querría hacerle cuando la volviese a ver: le quitaría la ropa con los dientes, le ataría las muñecas a la cabecera de la cama con pañuelos de seda, le haría un masaje con aceite y luego le causaría tanto placer que ella se volverían tan loca en sus brazos que le rogaría que no parase nunca...

Cuando acabó, Megan se había ruborizado, acalorada de la cabeza a los pies. Se dio cuenta de por qué las líneas de teléfono de sexo eran tan buen negocio. Kyle podría dedicarse a ello si se lo propusiese.

—¿Te he excitado? —le preguntó él con voz aterciopelada.

Megan sentía los pezones duros y sensibles. Bajo la falda, los muslos se le habían humedecido. ¿Excitado? Si seguía así, sería ella la que se dedicase a otra cosa pronto...

—¡Mira que eres malo! ¿Cómo me haces esto cuando estoy trabajando? —bajó la voz, acercando el auricular a sus labios y cubriéndose con la mano para que nadie la oyese.

Una colega que se hallaba a unas mesas de distancia levantó la vista y sonrió; luego, prosiguió tecleando como si nada. Megan sintió que la tensión de su estómago se dispersaba un poco.

Para su consternación, Kyle lanzó una carcajada sensual que le puso la carne de gallina.

—Cariño, puedo ser mucho más malo... ¿quieres probar?

—No —tragó Megan convulsivamente—, ¡por favor, Kyle, no! ¡Vas a hacer que me despidan!

—Bien —respondió él con énfasis—. Estás perdiendo tu tiempo en ese féretro de cristal.

—Tengo que ganarme la vida —dijo, y hasta a ella le sonó débil su argumento.

–Entonces, gánatela con la pintura. Mientras tanto, yo cuidaré de ti.

Megan esperó que no lo dijese en serio. El corazón le dio un vuelco ante la idea. ¡Ni se le ocurriría dejar su trabajo y permitir que Kyle la mantuviese, vamos! ¡Si apenas hacía cinco minutos que se conocían, por amor al Cielo! ¿No se daba cuenta de lo irresponsable e insensato que resultaría eso? Una cosa era sentir que eran dos piezas de un rompecabezas que encajaban perfectamente, que se deseaban en cuanto se veían, y otra totalmente distinta permitir que él llevase la carga de su bienestar económico.

–No quiero que me cuides.

–Quiero hacer todo lo posible por ayudarte. Créeme cuando te digo que no resultaría un sacrificio, Megan.

–¡Ese no es el caso! Ya me puse en una situación vulnerable antes, con Nick. No quiero volver a cometer el mismo error, el coste es demasiado alto –dijera lo que dijese, estaba dispuesta a mantenerse firme. Arriesgaba demasiado si no lo hacía...

–Sin ninguna atadura, Megan. Solo deseo que realices tu sueño. Tendrías todo a tu disposición: el estudio, el equipo, mi ayuda cuando la necesitases. No deseo nada a cambio.

«Excepto a ti». Las palabras le aparecieron en la mente a Kyle como una visita intempestiva. El corazón se le aceleró. La deseaba. Se había paseado como un león enjaulado desde que ella se marchase la noche anterior. No podía lograr paz ni siquiera con su trabajo. Había agarrado el lápiz en innumerables ocasiones para dibujar, pero sin resultado alguno, preparado un lienzo para pintar, pero lo había abandonado. No había hecho nada, logrado nada. Lo único que había conseguido era un dolor de cabeza colosal.

En cuanto tuviese la oportunidad le diría cómo se sentía. Le daba igual que ella se enterase de que era rico y famoso. Tendría que arriesgarse a que ello no la intimidase ni la desanimase, haciéndola esconderse en la armadura de acero que había construido durante tanto tiempo a su alrededor.

–Es una oferta muy generosa, Kyle...

–¿Pero...?

–Sabes que no podría aceptarla. No sería justo.

–Mira, Megan, todos necesitamos un poco de ayuda de vez en cuando, no es nada de lo que avergonzarse. Soy un hombre rico y puedo tranquilamente cuidar de los dos. Tú puedes pintar todo lo que quieras y yo estaré a tu disposición cuando me necesites, como tu tutor personal. ¿Tan terrible te parece?

–Me parece maravilloso –dijo Megan, con la mano húmeda por la fuerza con que apretaba el auricular.

En aquel momento se abrió de golpe la puerta de su jefa, que se dirigió hacia Megan con determinación. Llevaba una carta en la mano, que depositó con grosería sobre la mesa, sin importarle que Megan estuviese al teléfono.

–¿Me parece maravilloso? –repitió, con una mueca de desagrado–. ¿No estarás haciendo una llamada personal durante el horario de trabajo, no?

Megan la miró, indignada. Por su forma de decirlo, hacía que pareciese que Megan se pasaba el día al teléfono, algo totalmente irrisorio. Casi. Porque en aquel momento, Megan no le vio la gracia. Lo que vio fue una mujer amargada que no tenía ni el más mínimo respeto por sus congéneres, a menos, por supuesto, que estuviesen por encima de ella en el escalafón del banco. De no ser así, estaba claro que Lindsay creía que la cortesía era innecesaria.

–En realidad, es una llamada personal, sí –replicó Megan, lo más tranquila que pudo–. Y me gustaría acabarla.

Lindsay se puso roja, lanzó un bufido de rabia y apretó la carta como si fuese el cuello de Megan.

–¡Ven a mi despacho inmediatamente! ¡Esta descarada insubordinación ya se está pasando de la raya, Megan Brand!

¿Insubordinación? ¡Parecía una diva de la ópera en vez de una profesional con un puesto de responsabilidad en la banca! La única respuesta posible era no hacerle caso. Giró la silla para seguir hablando y levantó el auricular.

–¿Kyle? Perdona, es que...

–¿Quién es? –gritó Lindsay, quien, antes de que Megan pudiese evitarlo, le había arrancado el auricular de las manos–. Para que lo sepa, este es un despacho y mi secretaria no puede permitirse perder el tiempo con llamadas personales cuando debería estar trabajando!

–¡Lindsay! ¡Dame el teléfono!

Megan miró horrorizada cómo Lindsay enrojecía más aún. ¡No quería ni imaginar lo que Kyle estaría pensando! De repente, Megan supo con total certeza lo que tenía que hacer, que tendría que haber hecho hacía rato, si hubiese tenido agallas.

–¡Te he dicho que me des el maldito teléfono! –arrancándoselo de las manos, le lanzó una mirada furibunda. Ya no la intimidaba su jefa, a quien hacía rato que le había perdido el respeto–. ¡A partir de este momento, no trabajo más para ti! Acabaré mi llamada telefónica, vaciaré mi mesa y me marcharé. Es algo que tendría que haber hecho hace años, pero entregué mi poder, primero a mi esposo y luego a gente como tú, Lindsay, gente a quien los demás le importan un bledo con tal de poder lograr lo que ellos quieren. Lo único que puedo decirte es que seguramente eres una mujer muy triste para ser tan mezquina. La verdad es que me das pena, Lindsay, pero no la suficiente como para quedarme –dijo esto, Megan le dio la espalda.

–Lo siento –dijo, lanzando una mirada al reloj, el corazón martilleándole en el pecho–. ¿Puedes venir a buscarme en más o menos media hora?

–Has dimitido –dijo Kyle, incrédulo.

Megan se dio la vuelta al oír el portazo del despacho de Lindsay con el rostro ruborizado con una alegría que no había experimentado nunca en su vida.

–Sí. ¿No es maravilloso?

Capítulo 10

KYLE tiró sus cosas de afeitar dentro del bolso de viaje de cuero color canela, haciendo una pausa al ver entre su ropa la fotografía que siempre llevaba cuando iba de viaje.

Yvette.

Tenía veinticinco años cuando murió en un accidente de coche y Kyle dieciocho. «Si tienes un sueño», solía decir su hermana, «tienes que estar dispuesto a remover cielo y tierra para conseguirlo». Los sueños no se lograban con medias tintas.

Yvette había vivido la vida como ella la concebía, como si hubiese sabido que sería corta. Porque era hermosa, inteligente y vivaracha, los hombres habían intentado atraparla, fascinados por poseerla, pero había sido como intentar atrapar los rayos de la luna, o el reflejo de un arroyo. Ella les había alegrado a todos la vida: la suya, la de su madre e incluso la de su padre, taciturno y trabajador.

Mientras seguía haciendo el equipaje, se preguntó lo que pensaría su hermana de Megan. Yvette la habría amado sin reservas, estaba seguro. Su hermana tenía un corazón generoso. No le habría resultado difícil encontrar un espíritu similar al suyo en la mujer que le había trastocado la vida totalmente a él, la mujer que lo había hecho pensar en un futuro que hasta aquel momento no se le había ocurrido en absoluto.

El teléfono sonó cuando cerraba la cremallera de su bolso.

—¿Kyle?

—¿Qué pasa, Megan? —preguntó, preocupado—. ¿No habíamos quedado en que te pasaría a buscar a las cuatro?

—Nada —dijo ella, pero el temblor de su voz la traicionó—. No he cambiado de opinión, si eso es lo que te preocupa. Es que... cuando llegué a casa había una carta de Nick.

—Si te está amenazando... —dijo él, con expresión tormentosa.

—No, Kyle. No me amenaza. Me... me ha mandado una orden de pago por mi parte de la casa.

El alivio de Kyle fue palpable. Se dejó caer en la cama y se frotó la barbilla.

—Me alegro de oírlo. Es lo menos que podía hacer —era bueno saber que su pequeña charla con Nick había producido en efecto deseado. Ahora, todo lo que le quedaba al bastardo ese era no aparecer más por la vida de Megan y Kyle se sentiría feliz.

—Quería... quería que lo supieras —dijo ella con voz trémula, produciéndole un nudo en el estómago que se negaba a desaparecer.

—Me dio un poco de miedo pensar que habías cambiado de opinión y no venías —reconoció él, con voz grave.

—No, no haría eso. Casi he acabado de hacer las maletas. Entonces, ¿vienes a las cuatro?

—¡Kyle! ¡Por fin!

Christa MacKenzie salió de detrás del mostrador de recepción de su pequeño hotel para saludarlo. Envolviéndolo en un abrazo en el que se mezclaban un exótico perfume, un cuerpo generoso y unos tintineantes brazaletes, le estampó dos sonoros besos en las mejillas recién afeitadas.

–Mmm, qué bien hueles –le dijo apreciativamente –. Desde esta mañana que no paro de mirar el reloj. Has llegado una hora tarde y ya estaba preocupada. Creía que no venías.

–Pillamos atasco. ¿Cómo estás, Christa? Estás guapísima –dijo Kyle, dejando su bolso sobre la gruesa alfombra azul y esbozando una sonrisa tan deslumbrante que la rubia se ruborizó como una colegiala.

Había sido una de sus modelos favoritas. Los dos habían congeniado en cuanto se conocieron, cuando Christa había ido a reemplazar a una chica que lo había dejado plantado en el último momento. Él apenas había podido dar clase al principio de lo mucho que ella lo hacía reír con sus chistes verdes y anécdotas de su vida.

Christa exudaba una alegría de vivir contagiosa y aparte de que Megan necesitase unas vacaciones, Kyle sabía que conocer a Christa sería como un tónico para ella. Y el hotelito era encantador, con su decoración victoriana que lo hacía parecer sacado de una película de Sherlock Holmes.

–¡No me puedo creer que estés aquí! Qué pena que Justin esté de viaje de negocios, porque le habría encantado verte, pero, no importa, yo me ocuparé de que disfrutes de la mejor hospitalidad que pueda darte o moriré en el intento.

A pesar de todos sus intentos, Christa nunca había logrado pasar de una buena amistad con Kyle. Por mucho que lo hiciese reír, él no había estado interesado en ella en ese aspecto. Pero todo había resultado bien al final porque después de que Kyle se fuese a Grecia, ella había conocido a Justin, se había enamorado de él y se había establecido con él en Lyme Regis. Christa había aprendido a amar sus playas, famosas por sus fósiles.

–Megan, esta es Christa MacKenzie. Su esposo y ella son los propietarios del Lady Rose Hotel.

Era la rubia de mejillas sonrosadas del cuarto de baño, Megan estaba segura. Estaba más hermosa todavía que cuando había posado para el cuadro, con las generosas curvas que había adquirido desde entonces. Sonriendo tímidamente, porque un ramalazo de celos la había tomado por sorpresa, Megan contempló sus labios y uñas rojas, por no mencionar la blusa llena de volantes y la falda negra de satén que se le arremolinaba en los tobillos. Completaban su atuendo un par de zapatos rojos de tacón de aguja que le dieron a Megan dolor de pies con solo mirarlos. Estaba claro que a Christa MacKenzie le gustaba llamar la atención. Y era muy probable que fuese la ex amante de Kyle...

–Megan –dijo, alargando la mano y acercándose con un perfumado tintineo de brazaletes y pendientes–. Lo siento, cariño, pero Kyle apenas me ha hablado de ti. No me sorprende. Sé que protege su intimidad,¡pero tú has de ser su secreto mejor guardado!

De repente, Megan se encontró estrechada contra el generoso busto como si fuese una amiga de toda la vida. Por encima del hombro de Christa vio que Kyle sonreía ampliamente y, de improviso, se sintió cómoda y esbozó una alegre sonrisa. Después de lo que le había costado a Kyle convencerla de que se tomase unos días libres con él, se sentía absurdamente feliz de haber accedido, aunque ello supusiera lidiar con el hecho de que él quizá hubiese tenido una relación mucho más íntima con Christa de lo que dejase entrever.

–Encantada de conocerte, Christa.

–Yo también. Bienvenida a mi hotelito –dijo la rubia, soltándola.

Su ávida mirada azul observó a Megan con franca curiosidad. La morena era guapísima, desde el oscuro cabello hasta los delicados pies calzados con botas de ante. Pero Christa sabía que la joven tenía que tener mucho más que belleza física para que un hombre como Kyle se interesase en ella. Como buen artista, él tenía un aprecio innato por lo bello, pero no era una persona superficial y sabía reconocer otros valores más profundos.

–¿Queréis refrescaros y descansar un poco antes de la cena? Haré que Simón, el botones, os lleve las maletas a la habitación. Mientras tanto, os enviaré té y bizcochos, ¿qué os parece? –dijo la rubia, girando en sus increíblemente altos tacones mientras pensaba en la cena que daría al día siguiente.

Aunque a Christa no se le ocurriría explotar la celebridad de Kyle, tampoco era remisa a disfrutarla al máximo. No todos los días tenían un artista famoso en el pueblo.

–Genial. Megan debe de estar cansada después del largo viaje. Tuvo que trabajar esta mañana, antes de venir. Un té le vendrá de perlas.

Parecía que le leía la mente, pensó Megan cuando los dorados ojos se posaron en ella con preocupación. Había dormido la mayor parte del viaje; el puro agotamiento mental debido a los acontecimientos de los últimos días se combinó con la seductora comodidad del elegante mercedes de Kyle, haciendo que, cosa rara en ella, conciliase el sueño casi instantáneamente.

Dejando su maleta junto al bolso de viaje color canela, Megan siguió a Christa y Kyle por las escaleras de caracol alfombradas en rojo y dorado hasta el piso de arriba. Mientras se tomaba su tiempo subiendo los escalones, su ávida mirada no pudo evitar detenerse en cada uno de los cuadros que se alineaban en las paredes.

—Vamos a ver el mar.

Megan dejó de cepillarse el cabello y miró con sorpresa a Kyle, que salía del cuarto de baño. Se había dado una ducha y lo único que llevaba era un par de calzoncillos negros de seda y una sonrisa.

Kyle le devolvió la mirada. Tenía el pelo mojado, el mentón oscuro con barba de un día y una indescifrable expresión en sus ojos color avellana que hizo que Megan desease averiguar qué pensaba exactamente.

—Antes de que hagamos nada, necesitamos hablar —dijo ella, apartando la mirada de la sonrisa masculina.

Apoyándose en el vano de la puerta con una toalla en los hombros, Kyle adoptó una actitud de divertida resignación.

—Las mujeres deben de aprender a decir eso en el vientre materno.

—Ejem —carraspeó Megan, intentando reunir coraje, porque le daba la impresión de que él estaba todavía menos receptivo de lo que ella había esperado—. Quería hablarte de la oferta que me hiciste esta mañana...

—¿Ah, sí? —dijo él, arqueando una ceja deliberadamente—. ¿A qué oferta te refieres?

Megan se ruborizó hasta la raíz del pelo, deseando que las miradas lascivas que él le lanzaba no le hiciesen papilla el cerebro.

–A la que me hiciste por teléfono, sobre... sobre usar tu estudio para pintar y quizá darme clases.

–Oh, esa –dijo él y, simulando desilusión, se sentó a su lado, enloqueciéndola con el perfume de su colonia y haciéndole desear haber esperado hasta que él se hubiese vestido para iniciar la conversación.

–¿Has cambiado de opinión? –preguntó Megan con la boca seca, pensando que quizá lo había comprendido todo mal, pero luego diciéndose que si quería cambiar su vida, tendría que cambiar su forma de pensar tan negativa.

–No pongas en mi boca palabras que yo no he dicho –dijo él, ligeramente molesto–. Por supuesto que la oferta sigue en pie. En cuanto volvamos a Londres, te vienes a vivir conmigo. Ya no tienes excusa para no hacerlo.

¿No tenía excusa? El estómago le dio un vuelco. Esa no era forma de pedírselo. De hecho, ni siquiera se lo pedía, se lo estaba casi ordenando. Algo dentro de ella se resistió a hacerlo. Había vivido nueve años con un hombre que le había dicho qué hacer todos los días; ni muerta repetiría lo mismo con Kyle, por mucho que lo quisiera.

–No creo– no creo que sea necesario que me mude contigo. No estoy tan lejos... no será necesario –dijo, retorciendo un mechón de su pelo.

Con las facciones endureciéndose más y más con cada una de sus trémulas palabras, Kyle le lanzó una mirada furiosa.

–¿Qué no es necesario que te mudes? ¿Qué quieres decir, Megan? ¿Un frío acuerdo profesional? ¡Perdona si me he equivocado, pero me dio la impresión de que había mucho más entre nosotros que solamente eso!

–¿Lo hay? –se atrevió a decir ella débilmente. La verdad era que no sabía qué pretendía él de ella. ¿Quería una novia que viviese con él y compartiese su amor por la pintura o buscaba algo más profundo, como una pareja para toda la vida... quizá una esposa? ¿Alguien que lo amase para siempre, hasta el fin de sus días, y que no dudase en decírselo cada vez que pudiese?

–Quiero que vivas conmigo, Megan. Quiero que compartas mi vida. Si se tratase de un profesor, ¡infiernos, podría darte una lista larguísima de estudiantes dispuestos a ayudarte!

–Entonces, quizá se trate de eso –dijo ella, poniéndose de pie y mirando nerviosamente a su alrededor, intentando calcular el tiempo que le llevaría volver a hacer la maleta, llamar a un taxi que la llevase a la estación y volver a casa en tren–. No quiero que me ofrezcas nada a regañadientes. Si sientes la obligación de enseñarme porque hemos dormido juntos, será mejor que demos todo por terminado inmediatamente. Ni siquiera me echarás de menos. Tienes tu carrera, ¿no es verdad? Una carrera que deliberadamente me escondiste. ¡Jugaste con las cartas bien escondidas! ¿No? Y, sin embargo, lo sabes todo sobre mí –los ojos se le llenaron de lágrimas y se metió las manos en los bolsillos de los vaqueros buscando un pañuelo de papel.

–¡Estás loca! –exclamó Kyle frustrado, tirando la toalla que llevaba al cuello sobre la cama y poniéndose de pie. Aquello no era lo que él había querido que sucediese. Lo que había querido era decirle que la quería, que no podía imaginarse la vida sin ella. Pero, en vez de eso, le había hablado de forma paternalista y condescendiente, y se odió en aquel momento por carecer de las palabras para explicarle adecuadamente lo que sentía.

—Sí, estoy loca —espetó Megan, afligida—. Creo que tengo derecho a estarlo, ¿no te parece? Cuando a una mujer la empuja por las escaleras el hombre que hizo el juramento de cuidar de ella y ella pierde lo único que hacía que todos aquellos horribles años de matrimonio cobrasen sentido... —se interrumpió, ahogándose, horrorizada por lo que estaba diciendo.

No podía tragar la enorme pena que le agarrotaba la garganta, tampoco podía mirarlo. Lo último que quería ver reflejado en sus ojos era pena. Quería su amor, no su pena.

—Estabas embarazada —dijo él, sintiéndose como si le hubiesen dado una paliza. ¿Cómo no se había dado cuenta de ello antes?

—Sí —dijo Megan, acercándose a la ventana y mirando sin ver el mar, agitada y furiosa por haber desvelado su secreto más profundo a un hombre incapaz de hablarle de su propia vida—, estaba embarazada. Perdí el bebé —dijo Megan. Siguió mirando por la ventana. Kyle se le acercó por detrás.

—¿Entonces seguías durmiendo con él hasta aquella noche? —le dijo, sin saber cómo le salieron las palabras de la boca, porque su pecho estaba tan tenso por los celos, que se sintió ahogar.

Megan comenzó a llorar. Suaves sollozos desesperados que le sacudieron los hombros. Se cubrió el rostro con las manos.

Kyle sintió deseos de pegarse un tiro por ser tan imbécil e insensible. ¿Qué eran sus celos comparados con el dolor inconsolable que sentía Megan por la pérdida de su bebé?

–Me forzó –dijo ella entrecortadamente y se dio la vuelta a mirarlo–. Pero no me importó. Lo único que quería era mi bebé.

Cuando su rostro se contrajo de dolor, Kyle alargó los brazos y la estrechó fuertemente contra su pecho.

–Cuánto lo siento, cariño. No sabes cuánto lo siento.

Capítulo 11

TE DUELE la pierna? –le preguntó Kyle a Megan, haciéndola detenerse mientras se dirigían al puerto por la escurridiza calle adoquinada y mirándole con preocupación el rostro empapado por la lluvia.

–No, estoy bien –dijo ella. Los ojos delineados con kohl le brillaban como dos oscuras joyas al mirarlo–. Qué hermoso lugar, Kyle. Me alegra tanto que me hayas traído...

Y lo estaba, pensó Megan con apasionamiento al ver el mar turbulento con olas que golpeaban los famosos muros grises del puerto de Cobb. La temperatura había bajado, pero el cambio era vigorizante, justo lo que necesitaba para despejarse.

Tomando una bocanada de aire, Megan sonrió con cariño al hombre que la miraba con tanta intensidad, deseando poder demostrarle la profundidad de sus sentimientos. Sin poder evitarlo, alargó la mano para tocarle un rizo mojado que le caía sobre la frente. Inmediatamente, él se la tomó prisionera y tiró de ella, estrechándola contra sí. Del cuello para abajo estaba apretada contra su cazadora y el aroma del cuero se mezclaba provocadoramente con el de la lluvia. La urgencia de él fue evidente de inmediato, el bulto duro bajo la braguita abotonada de sus vaqueros apretándose contra el abdomen de ella, causándole un anhelo que la hizo suspirar.

–¿Has hecho el amor en la lluvia alguna vez? –le preguntó él con voz ronca. Su mirada, una llama ardiente, le recorrió el rostro con ansia. Antes de que ella pudiese responder, le acarició el labio con la yema del dedo, arrancándole una exclamación de sorpresa y placer–. ¿Me deseas, Megan? –le dijo suavemente–. Porque yo te deseo. ¿Te entregarás a mí?

–Siempre.

Sus labios se unieron en un choque urgente de dientes y lenguas, pero Kyle pronto tomó la iniciativa y arrasó el húmedo paisaje interno de la boca femenina con besos apasionados que sabían a lluvia y viento, a sal y mar, a calor y deseo. Mientras ella se entregaba a aquellos besos, la mano de él se deslizó por debajo de su camiseta y le tomó un pecho, rozándole con el ansioso pulgar el profundo y rígido anhelo de su excitado pezón.

–¡Kyle! –exclamó ella, en desgarrado ruego mientras miraba por detrás de él. Al asegurarse de que estaban solos en el turbulento paisaje, dejó que él la llevase contra el muro del puerto.

No hubo necesidad de palabras. Protegidos por la oscuridad que se cernía sobre ellos y por la pared de piedra, escudados por el mismo cuerpo de Kyle, se entregaron a su pasión arrolladora. Kyle la empujó, levantándola contra el muro, y le alzó la falda. Luego, le rompió los lados de las braguitas con dos poderosos tirones. Tomando el trocito de tela, se lo guardó en el bolsillo.

La lluvia caía sin cesar, deslizándose por sus rostros, pero a ellos no les importó. Un calor primitivo y profundo les latía en las venas, haciéndolos inconscientes de todo excepto ellos dos. El deseo conquistaba lo que encontraba a su paso, exigía la rendición y lo único que ellos tenían que hacer era dejarse llevar para que los arrastrase en su incesante marea.

Megan contuvo el aliento al sentir que el dedo de Kyle le penetraba su esencia. Cuando un segundo dedo se unió al primero, una luz estalló dentro de ella y al retirarse él, un incontenible gemido, casi un quejido, se escapó de sus labios. Se aferró a los acerados músculos cuando él le levantó las caderas. En el rostro masculino se entremezclaron el profundo deseo y un hondo respeto por la mujer que tenía en los brazos.

Megan cerró los ojos, abrazándole la pelvis con las piernas mientras él la penetraba totalmente con un profundo empellón de su terso miembro. Ella no le hizo caso al dolor de su pierna herida al verse invadida por el calor y las sensaciones, apretándolo posesivamente con sus músculos. Él se retiró casi totalmente para volver a penetrarla con fuerza. Su posesión fue más profunda esta vez, tan profunda que ella conoció cada poderoso centímetro de él, sus cuerpos fundidos en uno, ambos ebrios de placer y buscando todavía más. La besó con fuerza mientras sus movimientos se hacían más y más intensos. Megan se aferró a los fuertes brazos y de repente se desintegró en ellos, temblando y gritando su nombre al experimentar el incandescente calor dentro de sí y sentir que él la penetraba más profundamente y luego se quedaba quieto. Su respiración era ásperas nubes de vapor en el frío aire nocturno mientras se estremecía de la emoción, la mirada oscura, ligeramente aturdida mientras Megan se aferraba a él trémula después de lo que había sucedido.

Con devastadora ternura, Kyle la apoyó luego sobre sus pies, dejando que los pliegues de su falda larga descendiesen hasta sus tobillos antes de cerrarle la mojada chaqueta de tela vaquera sobre la empapada camiseta. Con una mano helada, le apartó con delicadeza los mechones del rostro antes de acomodarse la ropa, echarse el cabello hacia atrás y tomarla de la mano.

—Lo que necesitas es una buena ducha caliente para quitarte el frío.

—Olvídalo —le dijo él, lanzándole una mirada tan apasionada, que, por primera vez Megan se dio cuenta de que él se había mostrado ante ella en toda su vulnerabilidad—. Lo que ambos necesitamos es una buena ducha caliente... juntos.

—¿Puedo pasar?

—¡No! —replicó Kyle tajantemente cuando Christa llamó a la puerta.

Un frustrado suspiro se le escapó de los labios al ver que Megan agarraba la toalla blanca con la que se había cubierto estratégicamente de cintura para abajo y salía disparada como un cervatillo hacia el cuarto de baño. Con molesta resignación, tiró el bloc de dibujo sobre la inmaculada colcha blanca y se levantó para abrir la puerta.

—Perdona la interrupción —dijo Christa, lanzando una más que furtiva mirada por encima del hombro de Kyle, pero Megan no estaba visible. Esbozó una sonrisa, los dientes increíblemente blancos contra el estridente carmín rojo—. Estabas trabajando.

—Obviamente —dijo Kyle, esbozando una sonrisa también para suavizar su brusca respuesta.

—Quería cerciorarme de que todo estuviese bien —dijo ella, volviendo a mirar por encima del hombro masculino—. E invitaros a que tomaseis una copa conmigo antes de iros a dormir. Tengo un poco de ese brandy alemán que tanto te gustaba.

Porque él era un hombre muy atractivo y ella una coqueta aunque estuviese casada, Christa se inclinó un poco hacia él, asegurándose de que le viese el generoso escote que la blusa blanca le permitía lucir.

–No, esta noche no, Christa –sonrió él apreciativamente, aunque negó con la cabeza– Creo que lo que Megan necesita es un buen descanso.

–¿Por qué no bajas tú, entonces, para hablar de los viejos tiempos?

–¿Cuándo dijiste que volvía Justin? –dijo Kyle sin alterarse en lo más mínimo.

–De acuerdo, mensaje recibido –dijo la rubia, lanzando un suspiro–. Veo que esta va en serio, pero no me puedes culpar por intentarlo. Es una chica con suerte, espero que lo sepa.

–Te equivocas –dijo Kyle antes de cerrar la puerta–. Yo soy el que tiene suerte.

Megan se desconocía cada vez más. Sonrió a su imagen en el amplio espejo del cuarto de baño y se ajustó el cinturón de la bata.

Desde luego que no se arrepentía en absoluto de lo que sucedía entre ella y Kyle. Y hacía unos minutos había mostrado otra faceta contradictoria de su naturaleza al acceder a posar prácticamente desnuda para él. Sabía que pronto él la convencería de que se quitase del todo la toalla con que se cubría el trasero, pero era tonto ser remilgada cuando por todos lados modelos como Christa posaban desnudas para los alumnos en las clases de dibujo.

Christa. Por la forma en que miraba a Kyle, con los ojos brillantes y ávidos, Megan estaba segura de que habían sido amantes. Contuvo el aliento y lanzó el aire lentamente. El hecho de que lo hubiesen sido no quería decir que tuviesen que revivir nada ahora, ¿no? Además, Christa estaba casada... «¡Basta Megan! No sigas por ese camino!».

Se dio la vuelta al oír que se cerraba la puerta de la habitación y rápidamente se acomodó unos mechones de forma más favorecedora alrededor del rostro. Abriendo la puerta, espió. Kyle hojeaba su bloc de dibujo con expresión pensativa y el lápiz sujeto entre los dientes.

Megan empujó la puerta, que chirrió, haciendo que Kyle levantase la cabeza. Quitándose el lápiz de la boca, le sonrió. Su sonrisa parecía decir: «A ti es a quien quiero, solamente a ti». No podía mirar a Megan de aquella manera y desear a Christa a la vez, ¿no?

—¿Por qué saliste corriendo? —le preguntó él.

—No quería... No me siento cómoda con la idea de que alguien me vea desnuda.

—¿Qué quieres esconder? Tienes uno de los cuerpos más hermosos que he visto en mi vida.

—Tu opinión no es objetiva —dijo Megan, mirándolo a los ojos para ver si le estaba tomando el pelo, pero él la miraba con total seriedad.

—Eso no es verdad. No te olvides que te miro con ojos de artista y digo lo que veo.

—¿Christa era la chica del cuadro? Me refiero al de tu cuarto de baño.

—Sí. Era Christa —dijo él sin que se le reflejase ninguna emoción en el rostro—. Era una buena modelo. Tú también podrías serlo, pero la idea de que poses para alguien más me vuelve loco.

—¿Te acostaste con ella? —la pregunta se le escapó sin que pudiese contenerla.

—No. ¿Adónde quieres llegar con este interrogatorio? –preguntó él con un relámpago de irritación en los ojos.

Decidida, ella se concentró en su respiración para tranquilizarse.

–Es una mujer hermosa.

–Pero no tuvimos relaciones sexuales. Próxima pregunta.

–¿Ganarás... supongo que ganarás algo razonable con tu trabajo?

Sentándose en la cama, Megan rogó que sus preguntas no lo enfadasen, pero la estaba volviendo loca saber tan poco de su vida. De él. Y, desde luego, su trabajo era una de las partes más importantes de su vida.

Kyle dejó el lápiz y el bloc sobre la cama y se cruzó de brazos, resignado.

–Gano un buen dinero... algunos dirían que gano una cantidad desorbitada. Mi trabajo ha sido exhibido en galerías de todo el mundo y en el mundo del arte mi nombre no es precisamente desconocido. ¿Eso es lo que querías saber, Megan?

–¿Quieres decir que eres famoso? –preguntó ella con expresión dolorida. Reconoció la sensación de ineptitud que amenazaba con ahogarla. Y pensar que ella creía estar finalmente resolviendo las frustraciones de su pasado.

–¿Y qué pasa si lo soy? –preguntó él, apoyándose las manos en las caderas–. ¿Crees que me importa que sepas quién soy? ¿Te imaginas lo harto que estoy de que la gente quiera conocerme porque he conseguido algún grado de reconocimiento?

–¡Podrías habérmelo dicho! –dijo Megan, mirándolo con ojos mortificados–. Hay tanto de ti que no conozco. ¿Cómo crees que me hace sentir eso? Yo te he dado acceso a las partes más íntimas de mi vida y la tuya es un libro cerrado para mí.

–Tienes que aprender a confiar en mí, Megan. Viniste a mí buscando ayuda, ¿recuerdas? No te dije quién era porque temía que no pudieses enfrentarte a ello. Mirándote la expresión ahora, veo que tenía razón al preocuparme.

Con el pulso acelerado, Megan reconoció silenciosamente que él tenía razón. ¿Cómo podía siquiera pensar en tener una relación con un hombre cuya vida era pública? No le gustaría que la analizasen y hablasen de ella como un bicho bajo el microscopio solo porque se relacionaba con él.

–Confío en ti, Kyle.

–¿Pero...? –él supo instintivamente que había un «pero». Uno grande. La opresión en el pecho casi no lo dejaba respirar.

–Pero te equivocaste al no decirme quién eres en realidad. Me engañaste, manteniendo en secreto algo tan importante. ¿Y si me hubiese enterado por accidente? ¿Y si hubiese visto una foto tuya en el periódico? ¿Eh? ¿Te habrías inventado alguna historia para distraerme, para hacerme sentir mejor porque habías llegado a la conclusión de que no podía con ello? –preguntó Megan.

El corazón le galopaba en el pecho. Estaba diciendo palabras que no quería decir, haciendo acusaciones que no quería hacer, pero no podía negar el colosal dolor que le causaba la noción de que él quizá la considerase demasiado inmadura, demasiado inestable para confiarle la realidad de su vida.

–Pensaba que lo hacía por tu bien. Obviamente, me equivoqué.

–¡Me trataste como una niña! Puede que haya sufrido en el pasado, pero soy lo bastante madura y fuerte como para enfrentarme a la verdad.

–¿De veras? ¿Por eso seguiste casada con un matón infiel y cruel hasta que casi te dejó lisiada de por vida? ¿Porque podías enfrentarte a la verdad?

Megan se estremeció al oírlo, mortificada porque él le hablase de aquella manera, aunque sabía que tenía razón. No le hablaba, le gritaba, furioso.

–Todo... todo ha sucedido tan rápido –al ponerse lentamente de pie, la sorprendió lo débiles que sentía las piernas–. Creo que quizá me haya metido en esta relación sin haber meditado lo suficiente. Quizá necesite un poco de tiempo sola para resolver ciertas cosas. Quizá sea lo mejor para los dos.

–Huyes –la miró Kyle acusador.

–No. Por primera vez en mi vida, creo que estoy siendo sensata. Está claro que tú no consideras que sea capaz de tomar una decisión inteligente y así no es como quiero que funcione otra relación. No me puedo permitir cometer otro error. Sé que lo hiciste para protegerme, pero si yo no me hubiese manifestado tan débil ante ti, no lo habrías hecho. Pues bien, no quiero ser débil más, Kyle. Necesito resolver mi vida desde una posición fuerte.

–Megan, lo siento. No debí haberte gritado ni dicho lo que te dije. Te amo. Creo que te he amado desde el momento en que te vi por primera vez. Todo lo que he deseado ha sido por tu bien. ¡Infiernos! –pasándose los dedos por el pelo, Kyle sacudió la cabeza, desesperado–. Tienes toda la razón del mundo al estar enfadada conmigo. Estuve mal al no decirte la verdad sobre mi mismo, al creer que no serías capaz de enfrentarte a ello. Pero tenía miedo...

–¿Miedo? –incapaz todavía de hacerse a la idea de

que él la amaba, le costó creer que el hombre viril y confiado frente a ella tuviese miedo.

—Miedo de perderte, Megan —la mirada que le dirigió le llegó al corazón—. Porque te estoy perdiendo, ¿verdad?

—Eres un hombre bueno, Kyle... el mejor. No necesitas que alguien como yo te complique la vida. Ya tienes todo lo que necesitas.

—No tendré todo lo que necesito si no te tengo a ti —su declaración quedó suspendida en el aire como un enorme yunque a punto de caerles encima y aplastarlos con su peso. Megan no podía tragar el nudo de su garganta.

—Tengo que hacerlo, Kyle —dijo ella, con lágrimas corriéndole por las mejillas—. Tengo que marcharme. Sería tan fácil apoyarme en ti, dejar que tomases las decisiones por mí, que me mostrases el camino... y ya has hecho mucho. Pero tú te mereces algo mejor que eso. Te respeto tanto que no puedo permitir que te conformes con algo que no sea lo mejor. Te lo digo en serio.

Kyle se llevó la mano a la garganta y sus dedos se cerraron alrededor del amuleto de turquesa y plata que Yvette le había regalado al cumplir los dieciocho años. La terrible pena de haberla perdido era infinitamente más soportable que el dolor que sentía ahora al pensar en perder a Megan.

Pero en medio de su agonía, sabía que tenía que dejarla ir. Más que el amor que le tenía, más que su deseo, Megan necesitaba saber que él ponía por delante el bienestar de ella. Y parte de ese bienestar sería que ella se diese cuenta de que era más fuerte de lo que creía. Lo bastante fuerte como para estar sola y labrarse su porvenir. Quizá aquel fuese el mayor regalo que él pudiese darle, dejarla ir con su bendición. Y si estaba escrito que ella volviese, volvería. Si no lo estaba... tendría que aprender a aceptarlo, del mismo modo que había tenido que aprender a aceptar la muerte de su hermana todos aquellos años atrás...

–Ven.

Ella titubeó unos segundos antes de correr a sus brazos. Kyle le acarició tiernamente el pelo e hizo que ella levantase el rostro hacia él para secarle las lágrimas.

–¿Te he dicho alguna vez lo increíble que creo que eres?

Megan le rodeó la cintura posesivamente con sus brazos, triste al pensar que aquella quizá fuese la última vez, sabiendo que ya había puesto en movimiento ruedas que quizá los llevasen lejos, los apartase... quizá para siempre.

–Tú haz lo que tengas que hacer, cariño –le susurró Kyle ahogadamente al oído–. Si alguna vez quieres volver, sabes dónde encontrarme.

Apretando la mejilla femenina contra su pecho, se llenó los brazos de su calor y, con su perfume invadiéndole los sentidos, rogó tener la fuerza para dejarla ir de verdad... pero, por encima de todo, rogó la fuerza para poder superarlo.

Capítulo 12

LE PIDIÓ un cigarrillo a un joven en la puerta de un pub, se dirigió a un banco del puerto, lo encendió y dio un par de profundas caladas mirando al mar. Hacía años que había dejado de fumar y la sensación en sus pulmones y el ligero mareo hicieron que tirase en cigarrillo enseguida y lo aplastase con el tacón de la bota.

Se puso de pie y comenzó a caminar, entrecerrando los ojos para protegerlos de la lluvia. Era verano pero no lo parecía. El aliento le salía como una pluma de vapor que se disolvía en el frío aire nocturno.

Megan. Nunca se había enamorado tanto de nadie. Nunca había sentido aquel deseo cegador de reclamar a una mujer como suya, ser su amante noche y día, imaginársela como madre de sus hijos, trabajando hombro con hombro compartiendo la misma pasión, en una casa llena de alegría y amor y calidez. No importaba que Megan no pudiese tener niños, adoptarían.

Pero ella lo había abandonado hacía tres meses.

Se preguntó qué haría ella, si habría comenzado a hacer algo sobre el sublime talento que poseía. Esperaba que sí. Aunque nada más saliese de la breve e intensa relación que tuvieron, Kyle rezaba para que ella no abandonase la idea de dedicarse al arte toda su vida.

* * *

–Megan, ¿otra copa?

–Agua tónica con una rodajita de limón, por favor.

–¡Caramba! –arqueó Bárbara Palmer las cejas– ¡Estás tirando la casa por la ventana!

–Le toca conducir esta noche –intervino Penny, sonriendo con dulzura a través de una mesa llena ya de copas vacías y platitos de aceitunas–. Estrenamos cuatro ruedas.

–Ya lo he visto. Un «monovolumen» creo que se llama –dijo Bárbara con una mueca que se convirtió en una amplia sonrisa antes de acabar su cubalibre.

Megan lanzó una carcajada. Le daba igual que le tomasen el pelo. Para ella, su coche era tan emocionante como el más rápido de los deportivos y lo más importante era que era suyo, que ya no dependería ni de autobuses, ni de taxis, ni de la buena voluntad de Penny.

Comprarse un coche había sido un paso más hacia la liberación de los grilletes que habían encadenado a la antigua Megan Brand a una vida sin esperanza. Aquella mujer, gracias a Dios, había desaparecido. Separarse de Kyle quizá fuese la peor decisión que había tomado en su vida, pero al menos la había espoleado por fin a cambiar de vida. Él tenía razón: todo se reducía a tomar decisiones y Megan por fin había tomado la decisión de llevar una vida diferente.

Una vida muy diferente, reflexionó, recorriendo con la mirada el elegante night club de Mayfair. Habían ido allí a celebrar el cumpleaños de Penny, y así lo harían. Pero durante unos segundos Megan recordó la sensación de levantarse todos los días durante los pasados tres meses sabiendo que ya no le correspondía amar al hombre que amaba más que nadie en la vida. Ella se había marchado por miedo a comprometerse, por miedo a sus propios celos, por miedo a no ser capaz de enfrentarse a las exigencias de la fama de él, aunque fuese de prestado. Apretó los ojos un instante con pena.

—Eh, Megan, ¿no es tu ex el que está allí? Al final de la barra con la pelirroja, la de la falda negra con las grandes...

—Ya la veo.

Y también vio a Nick. Apoyado en el bar, con el rostro cerca del generoso escote de la pelirroja, seguía teniendo la actitud fanfarrona que adoptaba como si se tratase de un traje viejo. Al ponerse de pie, Megan se desabrochó dos botones de la chaqueta color coral, permitiendo que se viese el borde de encaje negro de su sujetador y bastante más. Ahora también ella tenía un generoso escote.

—Meg —dijo Penny, tomándola ansiosamente de la muñeca—, Meg, ¿adónde vas?

—Voy a saludar, nada más —dijo, soltándose suavemente, un hoyuelo marcándosele en la comisura de sus brillantes labios color melocotón—. Enseguida vengo.

—Voy contigo —un poco achispada, Penny se bamboleó peligrosamente sobre sus elegantes tacones de aguja.

Bárbara la agarró de la cintura y la hizo volver a sentarse, siguiendo con expresión intrigada en sus ojos azules a Megan, que se enderezó la falda a juego con la chaqueta. Una abertura permitía ver un fascinante trozo de muslo bronceado por el sol, legado del reciente viaje a Rodas con Penny.

—Nick —dijo Megan al acercarse al otro extremo de la barra.

Cuando él se dio la vuelta al oír su nombre, vio con profunda satisfacción femenina que sus ojos la miraron aturdidos. Bien... tenía el elemento sorpresa a su favor.

—Mira qué casualidad —dijo Megan, sonriendo lo más provocativamente que pudo.

La pelirroja le lanzó puñales con los ojos y se agarró del brazo de Nick posesivamente.

—Pues sí que lo es. ¡Qué sorpresa! ¿Qué? ¿Hoy estamos sin novio? ¿No hay nadie que venga al rescate y me estampe contra la pared? —dijo Nick haciendo un gesto exagerado para mirar por encima del hombro de Megan, pero ella no se dejó arredrar, aunque el corazón parecía salírsele del pecho.

—Estoy con unas amigas. Es el cumpleaños de Penny.

—La querida Penny. Dile feliz cumpleaños de parte de un viejo amigo, no te olvides —dijo él con la frente sudorosa y una mueca despectiva en los labios.

Megan reprimió el deseo de borrarle el gesto de una bofetada, pero había aprendido que no era necesario precipitarse.

Tomando un sorbo de su cerveza sin alcohol, Nick le miró el escote con un primitivo gesto de lascivia.

—En fin, tengo que reconocer que estás más guapa que nunca. ¿Qué has estado haciendo?

—Viviendo —replicó ella sin durarlo—. Algo que tendría que haber hecho hace años, cuando, como esposa tuya, apenas sobrevivía.

La firmeza con que lo miraba, sin titubear ni un instante, parecieron desconcertar a Nick totalmente.

—Sí, pues... ya sabes lo que dicen —se acabó la copa—. Ya es agua pasada y todo eso. Recibiste tu dinero, ¿no? No te debo nada.

Megan podría haberse enfrentado a él, pero ¿qué lograría con ello? No se puede poner un precio a una pierna lisiada o un bebé perdido.

–No he venido a pedirte nada, Nick –dijo, sin hacer caso del nudo que se le hizo en estómago. Levantó la barbilla–. Estoy de acuerdo contigo en que ya es agua pasada. Permíteme que te invite a una copa.

–Eso sí que está mejor –aflojándose la corbata, pareció aliviado, casi bravucón. Era el mismo de siempre–. En ese caso, que sea un martini vodka. Y que sea doble.

Megan pidió la copa al guapo barman australiano que las miraba desde que llegaron a festejar el cumpleaños y se volvió hacia Nick con el cocktail. Cuando este alargó la mano para tomarlo, ella bebió un sorbo, sintiendo el embriagador sabor en la lengua, y luego volcó todo el contenido sobre la cabeza a Nick.

–¡Perra! –exclamó él, abalanzándose sobre ella con la bebida chorreándole por el pelo y el rostro, pero Megan ya había retrocedido. El joven barman saltó ágilmente por encima de la barra y lo sujetó, retorciéndole un brazo tras la espalda.

–¿Te está molestando, guapa? Si quieres, hago que se lo lleven de aquí en dos segundos.

Megan recorrió de arriba abajo a Nick con la mirada. La tensión y el resentimiento que había albergado durante tanto tiempo se le filtró por la columna como si una vieja herida finalmente hubiese sido cauterizada y lentamente negó con la cabeza.

–Para que él me moleste tengo que reconocer su existencia y, en lo que a mí concierne, ese hombre dejó de existir como ser humano decente hace mucho tiempo. Solo es un cobarde y un matón. Desperdicié nueve largos años de mi vida con él y no estoy dispuesta a perder ni un segundo más. Me da igual que se quede o no.

Megan volvió a la mesa de sus amigas con la cabeza alta a través de los mirones que se abrieron para que pasase como si fuesen el Mar Rojo.

El sonido de ruedas que chirriaban y estridente música taladró el silencio que Kyle consideraba su derecho por la mañana temprano. Subió ágilmente la escalinata de su casa con el periódico del domingo bajo el brazo. Tres chicos en un deportivo blanco se encaramaban a los asientos y silbaban y gritaban a una guapa mujer de rojo que cruzaba la calle frente a ellos. A ella se le había salido un zapato e intentaba agarrarlo, la negra melena cubriéndole el rostro cuando se agachó con su ajustada falda roja para ponérselo. Al inclinarse, mostró el sugestivo escote, con una fugaz y fascinante visión de voluptuosa piel bronceada y encaje negro.

Kyle se la quedó mirando. ¿Megan? Por Dios... Los chicos siguieron intentando llamarle a ella la atención y, fascinado, se le aceleró el pulso observando cómo reaccionaba.

Exasperada con el comportamiento de los chavales y con el zapato puesto por fin, Megan se quedó en el medio de la calle con las manos en las caderas y les dijo claramente que tendrían que avergonzarse por comportarse como un puñado de gamberros. ¿Quiénes se creían que eran, causando tal escándalo un domingo por la mañana cuando la gente intentaba descansar?

La Megan que él conocía nunca habría tenido suficiente confianza como para echar semejante sermón. Estupefacto, Kyle observó la escena con una creciente sensación de incredulidad y admiración cuando los desilusionados jóvenes se disculparon avergonzados y luego se alejaron en el coche a regañadientes, lanzándole atrevidos besos mientras Megan seguía su camino hacia él.

Lo primero que le llamó la atención a Kyle fue que la cojera de Megan había desaparecido casi totalmente. Lo segundo... lo segundo era que aquella mujer era simplemente despampanante. ¿Cómo pudo haberlo olvidado? Estaba bronceada, delgada y maravillosamente sexy, y el traje rojo que llevaba resaltaba todo aquello a la perfección. Una extraña sensación de haber vivido aquello antes lo invadió. Era la chica de la foto otra vez, la que lo había hechizado la primera vez que la vio en su dormitorio.

Todas las noches soñaba con ella y, después de haberse recuperado del golpe inicial de su partida, llevaba tres meses intentando retratarla en un lienzo. Ahora se daba cuenta de que había fracasado miserablemente. Ni las más expertas pinceladas podrían hacer justicia a su incandescente belleza.

–Hola –dijo ella con una tímida sonrisa, rindiendo a Kyle a sus pies.

Había tantas cosas que quería decirle, pero en aquel momento no se le ocurría ni una, excepto la obvia y probablemente la más tonta.

–Hola.

–Quería hablar contigo –dijo ella, una mirada sorprendentemente directa.

–Son tres meses, Megan. ¿Qué ha sido de tu vida? Aparte de detener el tráfico...

Ella se ruborizó. Oh, cómo le gustaba verla ruborizarse.

–He estado pintando. Me apunté en una clase de dibujo del natural y también en una de historia del arte. También he estado en algunas galerías y he visto parte de tu obra, Kyle, ¡es maravillosa!

En aquel momento, a él no le interesaba que ella le comentase su obra. Lo que quería saber era a qué diablos pensaba que estaba jugando, apareciendo sin avisar en su vida un domingo por la mañana como si fuese a buscar el pan. Hacía tres meses que lo había dejado plantado en Lyme Regis con el corazón partido, sin darle siquiera una pista de si pensaba volver con él o no. Había hecho lo correcto al dejarla ir, pero ello no había aliviado su dolor ni un ápice.

–Casi no cojea –observó con un nudo en la garganta.

–¿Has visto? Casi ni me lo creo yo misma. Me he estado haciendo reflexología podal y unos masajes de aromaterapia. Y sumado a la pintura, las clases y el pensamiento más positivo... –se ruborizó, como si se avergonzase de su incontenible torrente de palabras–, parece que todo se va acomodando.

–Me alegro. Te lo mereces –¿había ido a decirle las buenas noticias, a demostrarle que su vida había tomado un rumbo mucho más positivo desde dejarlo plantado? ¿A decirle que por favor se olvidase de que le había roto el corazón y que le desease buena suerte? Kyle era fuerte, pero el dolor que sentía en el pecho lo apretaba como una banda de acero. Se golpeó con el periódico en el muslo y luego esbozó una sonrisa reticente–. Sabía que todo se arreglaría algún día, Megan.

–¡Pero sin ti, no habría pasado nada! –exclamó ella, con expresión de dolor en sus hermosos ojos oscuros, como si de repente se diese cuenta de lo que él podía estar pensando–. Me enseñaste mucho. Me hiciste creer que tenía talento, que había más dentro de mí que cualquier dolor o el sufrimiento. Y me ayudaste a ver que podía mejorar a través de mi arte. No tendría que haberte abandonado, Kyle. Créeme, no quería hacerlo. Pero yo también estaba asustada y tan... tan celosa.

—¿Celosa? —se sorprendió él.

—De Christa. ¡De cualquier mujer que hubieses mirado en tu vida! Tenía terror de que te aburrieses de mí, creía que nunca sería suficiente para ti. Especialmente cuando me dijiste que eras famoso. Cuando pensé en lo que ello podría implicar... no... no quise desilusionarte, ni refrenarte de ninguna manera. Tenía tanta inseguridad, Kyle. No estaba preparada para alguien como tú —se interrumpió, mordiéndose el labio, recorriendo con la mirada cada una de las queridas facciones masculinas.

¿Qué le quería decir, exactamente? ¿Que había cometido un error? ¿Que quería volver con él? No se atrevía a tener esa esperanza, y, sin embargo, la esperanza era lo único a lo que se había agarrado durante aquellos tres largos meses sin ella, dispuesto a esperar toda la vida si era necesario.

—¿A pesar de que te dije que te amaba? —le preguntó con voz ronca.

—Necesitaba ordenar algunas cosas en mi vida antes de poder aceptar tu amor —dijo Megan con expresión culpable. Se acomodó un mechón tras la oreja—. Hiciste tanto por mí que quería retribuirte con algo bueno. Quería ser una persona de la que te sintieses orgulloso, no la víctima de un matrimonio terrible, llena de culpas y miedos. El tiempo y la distancia me ayudaron a ver las cosas con más claridad. Me fui de vacaciones a Rhodas con Penny. Me esforcé. En Lindos subí los cientos de escalones que llevan a la acrópolis para dibujarla, y no dejé que mi cojera fuese un impedimento. He aprendido mucho, Kyle, especialmente sobre las limitaciones que nos imponemos nosotros mismos, y todo se debe a ti. ¿Crees... crees que habrá aunque sea una remota posibilidad de que volvamos a intentarlo? Tú me diste a entender que habría...

Durante varios segundos Kyle la miró fijamente, como si estuviese preparando su respuesta. Megan murió cien muertes esperando que hablase. Finalmente, él sonrió y Megan lanzó el aire que contenía, llena de alivio.

–¿Ibas a algún otro lado o quieres pasar a tomar una taza de café? –preguntó él, en tono engañosamente despreocupado.

–Me encantaría pasar, desde luego –respondió Megan, con el pulso acelerado. Dio un paso hacia él–. Pero no a tomar café.

Levantó los ojos hacia él y la mirada que le dirigió fue confiada, la mirada directa de una mujer que deseaba a su hombre y no se avergonzaba de demostrarlo.

–Sí que has cambiado –dijo él con aprobación, sintiendo que la sangre se le acumulaba en la ingle.

–Si lo he hecho, es porque te quiero –replicó Megan

Lanzando un profundo suspiro, subió el segundo escalón que la llevó junto a su pecho. Sin decir nada más, apoyó suavemente la cabeza contra el jersey negro de cachemira, sintiendo un instante de terror al pensar que él podría rechazarla. Pero, después de todo lo que había pasado, se jugaba el todo por el todo y le daba igual quién se enterase de ello. Lo amaba. Lo amaba tanto que se arriesgaría a cualquier cosa con tal de demostrárselo. Hasta a la humillación.

Pero Kyle no tenía ninguna intención de rechazarla ni ahora ni nunca. Soltando el periódico, la estrechó entre sus brazos.

–¡Llevo tres meses esperando que digas estas palabras, brujita mía, y cada día ha sido largo como una vida entera!

Hundiéndole los labios en el cabello, murmuró su nombre una y otra vez, buscando a la vez en sus bolsillos la llave como un poseso. Cuando la encontró finalmente, la metió en la cerradura y girándola rápidamente, abrió y empujó a Megan hacia la penumbra de la entrada. Enmarcándole el rostro con las manos, la hizo apoyarse en la pared, su aliento cálido en el rostro femenino.

–¿Y qué otros cambios ha habido? –le preguntó, esbozando una sonrisa.

–Pues... –haciéndose la tímida, Megan bajó la cabeza y comenzó a desabotonarse la llamativa chaqueta roja–. He comenzado a comprarme ropa interior mucho más sexy. ¿Te interesa echar una miradita?

Las manos masculinas ya le estaban quitando la chaqueta de los hombros y los dorados ojos relucieron al posarse en la camisola negra de satén y encaje que ella llevaba debajo.

–Megan –gimió, hundiéndole las manos en el pelo. Inclinó luego la cabeza y la besó con fuerza.

Megan se derritió por dentro. El deseo hizo que la sangre le hirviese cuando él le deslizó las manos por las caderas y tiró bruscamente de ella para acercarla a su pelvis. Contuvo una exclamación al sentir lo excitado que él estaba y supo que no lograrían llegar al dormitorio. Pero ¿para qué estaban las paredes? Con la emoción oprimiéndole el pecho, liberó su boca de los labios masculinos y lo obligó a mirarla.

–Siento haberte dejado. Nunca te dejaré otra vez. ¡Nunca! ¡Oh, Dios, te quiero tanto!

–Fue un gran riesgo dejarte ir... le agradezco a Dios

que hayas vuelto –susurró él con áspera voz. Le tomó los brazos y se los apretó, como si quisiese indicar la fuerza de sus sentimientos–. ¿Quieres casarte conmigo, Megan?

–¿Cuándo?

–Ojalá hubiese sido ayer –le dijo, dándole un beso en la sien.

–Sí, quiero –dijo ella, dándole un tímido beso en la comisura de la boca.

–Ahora que eso ha quedado aclarado, me gustaría volver al otro tema que estábamos hablando antes...

–¿Sí? ¿A qué tema te refieres? –dijo Megan, con una provocativa sonrisa.

–El de tu ropa interior, bandida.

–Oh –se ruborizó ella delicadamente.

–¿Lo que llevas debajo hace juego con esta peligrosa cosilla? –preguntó Kyle, bajándole con deliberada lentitud el tirante de la camisola para gozar del generoso pecho, ligeramente bronceado, que se le reveló, con su apretada punta de caramelo.

Conteniendo el aliento, Megan se mordió levemente el labio antes de responder.

–Haría juego si lo llevase puesto –le susurró.

Epílogo

UN GRUPO de gente se reunía alrededor del cuadro que Kyle había titulado «Magia en la Mente» y entre el tintineo de las copas, la conversación y las exclamaciones de admiración, Demetri Papandreou palmeó entusiasmado a su amigo en la espalda.

–¿Sabes que con este retrato te has superado? Solo un hombre enamorado ha podido pintar un cuadro como este. ¡Qué pasión, qué fuego, qué hermosura en los ojos! Un hombre podría morir feliz amando a una mujer como esa. Estoy enfadado contigo porque la encontraste primero, pero me alegro de que hayas encontrado a alguien por fin. Creo que realmente te ha ayudado como artista. Estás logrando tu verdadero potencial, amigo mío, y es simplemente pasmoso.

Kyle levantó su copa y tomó un sorbo del champán Dom Perignon que Demi había hecho llevar directamente de París para celebrar la que Kyle quería que fuese su última exposición. Después de ella se concentraría en impartir terapia a través del arte. Además de ello, también deseaba dedicarle tiempo a Megan, a ayudarla a lograr su sueño.

No debería sentirse tan satisfecho consigo mismo, pero, ¡qué rayos!, lo estaba.

Demi tenía razón. Llevaba un año casado y había dado con una veta de oro en su trabajo que hasta a él lo maravillaba. Le bastaba con mirar a Megan para darse cuenta de dónde provenía su recién descubierta habilidad.

Ella lo inspiraba cada día de su vida. Lo único que tenía que hacer era despertarse por la mañana y encontrar el cálido cuerpo femenino acurrucado contra el suyo para hallar una motivación. «Que miren», pensó, magnánimo al ver a la gente, que, entusiasmada se arremolinaba junto a retrato, «yo la tengo en carne y hueso». Pero ¿dónde estaría?

De repente, la vio. El brillo de su cabello negro lo atrajo como un imán. Llevaba un traje de pantalón color crema con una camisola de seda a juego debajo y él no fue el único que se quedó mirándola cuando ella entró. Pero había otro motivo además de su belleza cautivadora, un motivo que ella llevaba tiernamente en los brazos.

Rosy Yvette, su hija. Nacida hacía solo tres meses, después de un embarazo perfectamente normal y un parto perfecto. El médico les había dicho que el siguiente probablemente fuese todavía más rápido.

—Lamento llegar tarde —dijo Megan al llegar. Acercó sus labios a la mejilla masculina para besarlo y se sorprendió agradablemente cuando él movió la cabeza para que sus bocas se encontraran. Se apretó contra él brevemente, sintiendo su calor como cada vez que posaba los ojos en su guapo marido; luego, consciente de que los miraban, se ruborizó y le dio una palmadita al bebé—. Ya sé que dije que la dejaría con tu madre, pero estaba intranquila y finalmente tuve que traérmela. ¿Te importa?

—Dámela —dijo Kyle y alzó a la niña con ternura. Una serie de exclamaciones de admiración se oyeron a su alrededor y sintió que se le henchía el pecho de orgullo.

—Si la pequeña Rosy está destinada a ser la mitad de hermosa de lo que es su madre —dijo Demi, sonriéndoles—. ¡Tendrás que montar guardia en la puerta de tu casa con una escopeta!

Más tarde, cuando la gente comenzó a irse, Megan se apoyó en la tranquila fuerza de Kyle, que acunaba a su preciosa bebé. Se sentía tan orgullosa de él que se creía a punto de explotar.

—¿Les ha gustado tu cuadro? —señaló con la cabeza la pintura que seguía rodeada de gente —conocía cada detalle de la pintura, desde el delicioso camisón de encaje antiguo hasta la sonrisa íntima que sus labios y la mirada de amor que iba dirigida solo a su esposo.

—Tu cuadro, cariño —dijo Kyle, acomodando a la niña mejor para poder pasarle un brazo posesivo por los hombros a su esposa.

—¿Se lo venderás a Demi? —le pregunto ella, intentando disimular su súbita ansiedad.

—¿Bromeas? Este cuadro se queda en la familia... a donde pertenece. Y el año que viene, ángel mío, será tu turno.

El pulso se le aceleró a Megan al pensar en hacer una exposición de su trabajo como aquella, pero había avanzado a pasos agigantados durante su embarazo y con la guía de Kyle sabía que algún día, no demasiado lejano, ella también tendría el orgullo de decir que se ganaba la vida pintando.

Pero, en aquel momento, con el corazón henchido al observar a su bebé y su cariñoso marido, supo que había sido bendecida con más dones de los que nunca hubiese soñado.

Acepte 2 de nuestras mejores novelas de amor GRATIS

¡Y reciba un regalo sorpresa!

Oferta especial de tiempo limitado

Rellene el cupón y envíelo a

Harlequin Reader Service®
3010 Walden Ave.
P.O. Box 1867
Buffalo, N.Y. 14240-1867

¡Sí! Por favor, envíenme 2 novelas de amor de Harlequin (1 Bianca® y 1 Deseo®) gratis, más el regalo sorpresa. Luego remítanme 4 novelas nuevas todos los meses, las cuales recibiré mucho antes de que aparezcan en librerías, y factúrenme al bajo precio de $3,24 cada una, más $0,25 por envío e impuesto de ventas, si corresponde*. Este es el precio total, y es un ahorro de casi el 20% sobre el precio de portada. ¡Una oferta excelente! Entiendo que el hecho de aceptar estos libros y el regalo no me obliga en forma alguna a la compra de libros adicionales. Y también que puedo devolver cualquier envío y cancelar en cualquier momento. Aún si decido no comprar ningún otro libro de Harlequin, los 2 libros gratis y el regalo sorpresa son míos para siempre.

416 LBN DU7N

Nombre y apellido	(Por favor, letra de molde)

Dirección	Apartamento No.

Ciudad	Estado	Zona postal

Esta oferta se limita a un pedido por hogar y no está disponible para los subscriptores actuales de Deseo® y Bianca®.
*Los términos y precios quedan sujetos a cambios sin aviso previo.
Impuestos de ventas aplican en N.Y.

SPN-03

Bianca®...
la seducción y
fascinación del romance

No te pierdas las emociones que te brindan los títulos de Harlequin® Bianca®.

¡Pídelos ya! Y recibe un descuento especial por la orden de dos o más títulos.

HB#33547	UNA PAREJA DE TRES	$3.50	☐
HB#33549	LA NOVIA DEL SÁBADO	$3.50	☐
HB#33550	MENSAJE DE AMOR	$3.50	☐
HB#33553	MÁS QUE AMANTE	$3.50	☐
HB#33555	EN EL DÍA DE LOS ENAMORADOS	$3.50	☐

(cantidades disponibles limitadas en algunos títulos)

CANTIDAD TOTAL	$ _____
DESCUENTO: 10% PARA 2 Ó MÁS TÍTULOS	$ _____
GASTOS DE CORREOS Y MANIPULACIÓN	$ _____
(1$ por 1 libro, 50 centavos por cada libro adicional)	
IMPUESTOS*	$ _____
TOTAL A PAGAR	$ _____
(Cheque o money order—rogamos no enviar dinero en efectivo)	

Para hacer el pedido, rellene y envíe este impreso con su nombre, dirección y zip code junto con un cheque o money order por el importe total arriba mencionado, a nombre de Harlequin Bianca, 3010 Walden Avenue, P.O. Box 9077, Buffalo, NY 14269-9047.

Nombre: _____

Dirección: _____ Ciudad: _____

Estado: _____ Zip Code: _____

Nº de cuenta (si fuera necesario): _____

*Los residentes en Nueva York deben añadir los impuestos locales.

Harlequin Bianca®

CBBIA

BIANCA®

Un matrimonio por el que valía la pena luchar...

Los dos deseaban tener un hijo. Eso y la increíble pasión que se desataba con cada cruce de sus miradas o cada roce de sus manos fue la razón por la que Liam y Rose decidieron casarse. El amor no era parte del trato.

Pero un año después, Rose descubrió aterrorizada que, a pesar de su acuerdo, se había enamorado de su marido. No habían conseguido tener el hijo que tanto deseaban y la razón por la que no lo habían hecho amenazaba con separarlos. Hasta que justo antes de Navidad, apareció una preciosa niña a la que habían abandonado a la puerta de su casa y que les dio otra oportunidad de descubrir lo importante que eran el uno para el otro.

EL AMOR LLEGÓ EN NAVIDAD

Kate Walker